인간 실격

인간 실격

人間 失格

다자이 오사무 이호철 옮김

그것은 이를테면, 인간을 향한 저의 마지막 구애였습니다.

일러두기

본문의 각주는 모두 옮긴이 주이다.

서문

　나는 그 사내의 사진을 세 차례 본 일이 있다.

　첫 번째는, 그 사내의 유년 시절이라고 할까, 열 살 전후로 짐작되는 무렵의 사진으로, 그 아이가 여러 여자들에 에워싸여(그 아이의 자매들, 그리고 사촌 자매들로 짐작된다) 어느 정원의 연못가에 굵은 줄무늬의 하카마* 차림으로 서서, 고개를 30도 정도 왼쪽으로 기울이고 흉측하게 웃고 있는 사진이다. 흉측하게, 라고 했지만 둔한 사람들(이를테면 아름답다거나 추하다거나 하는 것에 관심 없는 사람들)은

---

* 하카마 : 허리에서 발목까지 덮는 일본 전통 하의.

재미있어 하거나 애당초에 신경을 안 쓰는 얼굴로,

"어머나, 이쁘네" 하고 아무렇게나 치하를 해도 딱히 틀린 말로는 들리지 않을 정도의, 통상적인 '귀여움' 같은 맛이 그 아이의 웃는 얼굴에 전혀 없는 것은 아니다. 하지만 최소한으로나마 아름다움과 추함에 대해 훈련을 해온 사람이라면, 첫눈에 금방

"참 기분 나쁜 아이군" 하고 매우 불쾌한 듯이 중얼거리며 징그러운 벌레를 털어내듯이 그 사진을 아무렇게나 던져버릴지도 모르겠다.

실제로 그 아이의 얼굴은 자세히 보면 볼수록 어딘지 모르게 징그럽고 꺼림칙한 느낌이 든다. 애당초 그건 웃는 얼굴이 아니다. 이 아이는 전혀 웃고 있지 않다. 그 증거로, 아이는 두 주먹을 꽉 움켜쥐고 서 있다. 사람은 두 주먹을 꽉 움켜쥐고 웃지는 않는다. 그건 원숭이다. 원숭이가 웃는 얼굴이다. 단지, 얼굴에 흉한 주름을 지어놓고 있을 뿐이다. '주름투성이 아가'라 부르고 싶어질 정도로 참으로 기괴한, 그리고 기묘하게 추한, 이상하게 사람을 뒤숭숭하게 만드는 그런 표정의 사진이었다. 나는 이때까지 이렇게 불가해한 표정의 어린아이를 본 일이 단 한 번도 없었다.

두 번째 사진의 얼굴은, 이건 또 깜짝 놀랄 정도로 달라져 있었다. 학생의 모습이다. 고등학교 시절의 사진인지 대

학 시절의 사진인지 분명치는 않았지만 아무튼 대단한 미모의 학생이다. 하지만, 이것 또한 이상하게 살아 있는 인간 같지 않다. 교복을 입고 가슴 한쪽의 포켓에 흰 손수건을 내보이고 등나무 의자에 걸터앉아 다리를 꼬고 여전히 웃고 있다. 이번에는 주름투성이 원숭이의 웃음이 아니라 꽤 신경을 쓴 듯한 웃음이기는 하였는데, 그래도 여전히 인간의 웃음과는 어딘가 다르다. 피의 무게랄까, 생명의 깊이랄까, 그런 종류의 충실감은 전혀 없고 새 같지는 않으나 깃털처럼 가볍게, 그저 백지 한 장처럼 그렇게 웃고 있다. 말하자면 하나에서 열까지 꾸며낸 느낌이다. 깔쭉깔쭉이라고 해도 성에 안 차고, 경박하다고도 할 수 없고, 교태와도 다르고, 멋쟁이라는 것과도 물론 다르다. 게다가 차근차근 뜯어보자면 역시 이 미모의 학생에게도 어느 구석인가 괴팍하기 짝이 없는 기분 나쁜 것이 느껴진다. 나는 이때까지 이렇게 불가사의한 미모의 청년을 본 일이 한 번도 없었다.

나머지 한 장의 사진은 참으로 기괴했다. 이건 도무지 몇 살쯤 되었는지 짐작도 가지 않는다. 머리는 약간 백발인 것 같다. 엄청 지저분한 방(방의 벽이 세 군데쯤 통째로 무너져 있는 것이 그 사진에 확실하게 드러나 있다) 안의 한구석에서, 자그마한 화로에 두 손을 내밀고 있는데 이번엔 웃고 있지 않다. 어떤 표정도 없다. 말하자면 화로에 두 손을 쪼이다가 그 상태로 자연스럽게 죽어버린 것 같은 굉장히 꺼림칙하고 불길한 느낌이 드는 사진이었다. 기괴한 것은 그뿐만 아니다. 그 사진에는 비교적 얼굴이 크게 찍혀 있어서 나는 마음껏 그 얼굴의 구조까지 자세히 살펴볼 수가 있었는데, 이마도 평범, 이마 주름도 평범, 눈썹도 평범, 눈도 평범, 코도 입도 턱도 평범, 아아, 이 얼굴에는 표정이라는 것이 없을 뿐 아니라 일정한 인상도 특징도 없는 것이다. 예를 들어, 내가 이 사진을 보다가 눈을 감는다고 치자. 그러면 금세 이 얼굴을 잊어버리게 된다. 방의 벽이나 자그마한 화로는 떠올릴 수가 있는데, 방 주인의 얼굴 인상은 깡그리 사라져서 아무리 애를 써도 떠올릴 수가 없다. 그릴 수 없는 얼굴이다. 심지어 만화로도 그려낼 수 없는 얼굴이다. 눈을 뜬다. 아아, 이런 얼굴이었군, 이제 떠올랐군, 하고 즐겁지도 않다. 극단적으로 말하자면 눈을 뜨고 사진을 다시 보아도 생각이 나지 않는다. 오로지 엄청나게 기분 나쁘고 짜증이 나서 끝내는 외면하고 싶어진다.

소위 '죽을상'의 얼굴에도 이를테면 무언가 표정이라거나 인상 같은 것이 있을 텐데, 사람 몸에다가 지저분한 말의 목을 억지로 붙여놓으면 이런 느낌일까. 어딘가 보는 사람으로 하여금 몸서리치게 끔찍한 느낌이 들게 하는 것이다. 나는 지금까지 이렇게 불가사의한 사내의 얼굴을 본 일이 한 번도 없었다.

첫 번째 수기

부끄러움 많은 삶을 살아왔습니다.

저는 인간의 생활이라는 것이 무엇인지 도무지 알 수가 없습니다. 저는 동북 지방의 깡촌에서 태어났기 때문에, 꽤 자라고 나서야 기차를 처음 보았습니다. 정거장의 육교를 오르내리면서도 그것이 선로를 넘어 다니기 위해 만들어졌다는 것은 상상조차 못 했으며, 그저 정거장 구내를 외국의 놀이터마냥 복잡하면서도 재미나게 만들고 멋을 내기 위해 설비한 것이라고만 생각했습니다. 그것도 꽤 오랫동안 그렇게 알고 있었습니다. 그 다리를 오르내리는 일이 제게는 퍽 세련된 유희여서, 그것은 철도 분야의 서비스 중에서도 가장 멋진 것이라고 생각했는데, 나중에 그것이 여객들이 선로를 넘어 다니기 위해 만들어진 지극히 실용적인 계단에 지나지 않는다는 것을 알고는 엄청 맥이 빠졌습니다.

또한 저는 어렸을 적에 그림책에서 지하철도라는 것을 보고, 이것 역시 실용적인 필요로 고안된 것이 아니라, 땅 위에서 차를 타는 것보다 땅 밑에서 차를 타는 편이 더 색다르고 재미나는 놀이여서, 라고만 생각했습니다.

저는 어릴 때부터 병약해서 늘 누워 지냈는데, 누워서 요와 베개 커버, 이불 커버를 정말로 쓸데없는 장식이라고 생각하다가 그것들이 뜻밖에도 실용품이라는 사실을 스무 살 가까이 되어서야 알고는, 인간의 알뜰함에 무척 실망하며 슬퍼졌습니다.

또 배고픔이라는 것을 저는 몰랐습니다. 아니, 이건 부족함이 없는 집에서 자랐다는, 그런 바보 같은 뜻이 아니라 배고픔이라는 감각이 정확히 어떤 것인지 몰랐다는 뜻입니다. 조금 이상하게 들릴지도 모르겠지만, 배가 고파도 스스로 깨닫지 못했습니다. 소학교나 중학교 때, 학교에서 돌아오면 주위 사람들이, 그래, 배고프지, 우리도 그랬다, 학교에서 돌아오면 무척 배가 고프거든, 아마낫토*를 줄까? 카스텔라나 빵도 있단다, 하며 법석이라 저도 특유의 아부 정신을 발휘해서 배고프다고 중얼거리며 달콤한 아마낫토 열개 정도를 입안에 욱여넣었지만, 실제로 배고픔이 어떤 것인지는 전혀 알지 못했습니다.

저도 물론 엄청나게 먹어대기는 했어도 배가 고파서 무엇을 먹은 기억은 거의 없습니다. 특별하다고 여기는 것을 먹었습니다. 호화스럽다고 여기는 것도 먹었습니다. 그리고 남의 집에서 차려주는 것이면 무리를 해서도 잘 먹었습니다. 어릴 적 제게 가장 괴로웠던 시간은, 사실 우리 집 식사 시간이었습니다.

우리 시골집에서는, 열 명쯤 되는 가족 모두 제각기 자기 먹을 것을 두 줄로 마주 늘어놓고 밥을 먹었는데, 막내인 저는 물론 맨 아래쪽 자리였습니다. 밥 먹는 방은 늘 어둠침침하여서, 점심 같은 때는 열 명도 넘는 가족이 묵묵히 밥만 먹는 그 모습이 늘 삼엄하게 느껴지곤 했습니다. 게다가 옛날 법도 같은 것을 잘 지키는 집안이어서 반찬도 늘 몇 가지만 정해져 있어, 특별하거나 호화스러운 건 바랄 수 없는 식사 시간이 저는 점점 두려워졌습니다. 저는 그 어두컴컴한 방의 맨 끝자리에 앉아 추위서 벌벌 떠는 기분으로 밥을 조금씩 떠 입안에 쑤셔 넣으면서, 대체 인간은 어째서 하루에 세 차례씩 꼬박꼬박 밥을 먹는 걸까, 모두 참으로

---

* 아마낫토 : 설탕에 절인 콩과자.

엄숙한 얼굴로 먹고 있군, 이것도 무슨 의식 같은 것이어서 온 가족이 하루 세 차례씩 시간을 정해 어두컴컴한 방에 모여 정해진 순서대로 밥상을 늘어놓고, 먹고 싶지 않아도 고개를 숙인 채 말없이 우물우물 밥을 씹으면서 집안 곳곳에 서성대고 있는 혼령들에게 기도해야 하기 때문일 것이다, 하는 생각까지 한 적도 있습니다.

밥을 먹지 않으면 죽는다는 말은 제 귀에는 단지 듣기 싫은 위협으로밖에 들리지 않았습니다. 그 미신은(지금도 그런 소리는 뭔가 미신으로밖에 들리지 않습니다만) 늘 제게 불안과 공포를 안겨주었습니다. 인간은 밥을 안 먹으면 죽기 때문에 일을 해서 밥을 벌어먹지 않으면 안 된다, 라는 말만큼 난해하고 귀찮고 그리하여 협박처럼 느껴지는 말도 달리 없었습니다.

다시 말해서 저는 사람이 살아간다는 일이 정확히 무엇인지 아무것도 모른다고 할 수 있겠습니다. 내가 가진 행복이라는 관념과, 세상 사람들의 행복이라는 관념이 완전히 어긋나 있다는 불안, 저는 그 불안 때문에 밤마다 뒹굴고 신음하며 거의 발광하기 직전까지 이르기도 했습니다. 저는 과연 행복한 걸까요. 저는 어릴 적부터 늘 행복한 놈이라는 소리를 들어왔습니다만, 정작 저는 늘 지옥 같은 마음이었고, 도리어 저보고 행복한 놈 운운하던 사람들이 저와는 비교도 되지 않을 만큼 안락한 듯이 보였습니다.

저에게는 열 개의 재앙 덩어리가 있는데 그중 하나라도 다른 사람이 떠맡아 본다면, 그 하나로도 그 사람은 생명을 잃지 않을까, 하고 생각한 적도 있습니다.

아무튼, 알 수가 없습니다. 주변 사람이 갖고 있는 괴로움의 성질이나 그 정도가 전혀 짐작조차 안 됩니다. 실제적인 괴로움, 단지 밥을 먹을 수 있게 되면 해결되는 괴로움, 하지만 그것이야말로 가장 강한 고통이어서 열 개의 재앙 같은 것은 금방 날려버릴 정도로 처참한, 엄청난 지옥인지도 모른다. 하지만 그런 것치고는 용케 자살도 하지 않고 미치지도 않고 정당(政黨)이라는 것을 논하며 절망도 하지 않고 굴하지도 않고 생활이라는 싸움을 계속해간다는 것이 실은 전혀 괴롭지 않은 게 아닐까? 철저한 이기주의자가 되어, 더구나 그것을 당연한 것으로 확신하며 한 번도 자신을 의심해본 적이 없는 게 아닐까? 그렇다면 편하겠지, 하지만 인간이란 모두 그런 것이어서, 그걸로 만점인 게 아닐까, 모르겠다……. 밤에는 깊이 자고, 아침에는 상쾌하게 일어날까? 어떤 꿈을 꾸고 있을까. 길을 걸으면서는 무슨 생각을 하고 있을까. 돈? 설마 그것만 생각하지는 않을 테지. 인간은 밥을 먹기 위해 살고 있다, 라는 말은 들어본 적 있는 것 같긴 하지만, 돈을 위해서 살고 있다는 말은 들은 일이 없다. 하지만, 그래도, 어쩌면…… 아니, 그것도 모르겠다……. 생각하면 할수록, 저로서는 알 수가 없고, 저 혼자만 완전히 이상해져 버린 듯한 불안과 공포에 휘감길 뿐입니다. 저는 주위 사람들과 대화라는 걸 거의 할 수가 없습니다. 무엇을 어떻게 말해야 좋을지 모르겠습니다.

그래서 생각해낸 것이, 광대 짓입니다.

그것은 이를테면, 인간을 향한 저의 마지막 구애였습니다. 저는 인간이라는 것을 극도로 두려워하면서도 인간을 도저히 끊어낼 수는 없었던 거 같습니다. 그리하여 저는 이 광대 짓이라는 방식으로 겨우겨우 인간과 이어질 수 있었습니다. 겉으로는 늘 웃는 얼굴을 하면서도 속으로는 필사적인, 그야말로 천 번에 한 번 될까 말까 한 위기일발의, 진땀 나는 서비스였습니다.

저는 어릴 적부터 우리 가족에 대해서조차 그들이 얼마나 괴롭고, 또 무엇을 생각하면서 살아가고 있는지 전혀 짐작도 할 수 없었습니다. 그저 두렵고, 어색한 분위기를 견딜 수가 없어서 일찍부터 능숙한 광대가 되어 있었습니다. 다시 말해, 저는 어느샌가 진짜 속마음을 한마디도 털어놓지 않는 아이가 되어 있었습니다.

그 무렵에 가족들과 찍은 사진을 보면, 다른 사람들은 하나같이 진지한 표정을 하고 있는데, 저 혼자만 기묘하게 얼굴을 찡그리고 웃고 있습니다. 이 역시도 나의 유치하고 서글픈 광대 짓의 일종이었지요.

또한, 저는 가족에게 어떤 꾸지람을 듣더라도 말대답을 한 일이 한 번도 없었습니다. 별것도 아닌 잔소리도 저에게는 청천벽력처럼 강하게 느껴져, 금방이라도 미쳐버릴 것 같았고, 말대답은커녕 그 잔소리야말로 이를테면 대대손손 내려오는 인간의 '진리'임에 틀림없으며 내게는 그 진리를 행할 능력이 없으니 더 이상 인간과 함께 살 수 없는 게 아닐까, 하고 생각하기도 했습니다. 따라서 제게는 그 무슨 다툼이라든지, 자기변명 같은 것도 불가능했던 것입니다. 누구에게라도 싫은 소리를 들으면 정말이지, 제가 크게 잘못 생각하고 있다고 여겨져 늘 그런 공격을 말없이 받아들이고, 마음속으로는 혼자서 미칠 듯한 공포감에 사로잡히곤 했습니다.

물론 그 누구라도 남이 자신을 비난하거나 화를 내거나 하면 기분이 좋을 리는 없겠지만, 저는 노여워하는 인간의 얼굴에서 사자보다도 악어보다도 용보다도 더 무서운 동물의 본성을 보는 겁니다. 평상시에는 그 본성을 숨기고 있는 듯하지만 어떤 기회에, 예를 들어 소 한 마리가 풀밭에 편안하게 누워 있다가 돌연 꼬리로 배에 붙은 등에를 쳐서 일거에 죽여버리듯이, 불시에 드러나는 인간의 무서운 정체가 노여움으로 폭로되는 모습을 보고는 저는 늘 머리칼이 곤두설 정도의 전율을 맛보았으며, 이 본성 또한 인간이 살아가는 자격 중 하나일지도 모른다는 생각이 들면 거의 절망감에 사로잡히곤 했습니다.

이렇듯 늘 인간을 두려워하고, 또 한 인간으로서 나의 말과 행동에 털끝만큼도 자신을 가지지 못했습니다. 그렇게 혼자만의 고뇌는 가슴 깊은 곳의 자그마한 상자에 숨기고, 그 우울과 긴장을 철저하게 감추면서, 노상 시시덕거리며 지내는 낙천성으로 위장하여 저는 점점 우스꽝스러운 괴짜로 완성되어 갔습니다.

뭐든 상관없으니 웃기기만 하면 된다. 그러면 인간들은 내가 소위 그들의 '삶' 바깥에 있더라도 그런 일에는 그다지 신경을 쓰지 않을 테니까 어쨌든 그들의 눈에 거슬리지만 않으면 된다. 나는 '없음'이다, 바람이다, 텅 빈 것이다, 라는 생각만 쌓였습니다. 저는 광대 짓으로 가족을 웃기고, 가족보다 더 불가사의하고 두려운 하인과 하녀들에게까지 필사적으로 광대 서비스를 했습니다.

저는 여름에 유카타* 안에 붉은 털실로 짠 스웨터를 걸치

---

* 유카타 : 기모노의 일종으로 주로 목욕 후나 여름에 입는 무명 홑옷.

고 복도를 걸어가 집안사람들을 한바탕 웃겼습니다. 좀처럼 잘 웃지 않던 큰형도 내 모습을 보곤 피식 웃으면서, "요조야, 그 차림이 뭐냐" 하고 매우 귀여운 모습이라는 듯이 한마디 했습니다. 뭐 그렇다고 제가 한여름에 스웨터를 입고 다닐 정도로 추운지 더운지도 모르는 괴짜는 아닙니다. 누나 옷을 두 팔에 걸치고 유카타 소매 틈으로 삐뚜름하게 내민 채, 그렇게 스웨터를 입은 듯이 보이게 했을 뿐입니다.

제 아버지는 도쿄에 볼 일이 많았던 분이어서, 우에노 사쿠라기초에 별장을 두고 한 달의 대부분을 그 별장에서 지냈습니다. 그러다 집에 돌아오실 때면 가족은 물론 친척들에게까지 참으로 여러 가지 선물을 사오는 것을 즐기셨습니다.

언젠가 아버지께서 또 도쿄에 가시기 전날 밤에, 아이들을 응접실에 불러놓고 이번에는 어떤 선물이 좋겠는가를 일일이 웃으면서 물으시고는, 아이들 대답을 하나하나 수첩에 적으셨습니다. 아버지께서 이렇게까지 아이들에게 세세하게 신경을 쓰시는 일은 없었습니다.

"요조는?" 하고 물어서 저는 그냥 우물쭈물해 버렸습니다.

무엇을 바라냐고 물어오니까, 그 순간에 저는 아무것도 바라는 것이 없었습니다. 뭐든 상관없어. 어차피 나를 즐겁게 해주는 물건 같은 것은 애당초 없다는 생각이 문득 들었습니다. 그와 동시에 남이 주는 것은, 아무리 그것이 취향에 맞지 않더라도 거부하지 못했습니다. 싫은 것을 싫다고 하지 못하고 또 마음에 드는 일도 무언가를 훔치듯이 꾸물꾸물하면서 힙겹게 즐기고, 그렇게 말 못 할 공포감에 휘말려 시달렸습니다. 말하자면, 저에게는 양자택일을 할 능력조차 없었던 겁니다. 이것이 훗날에 이르러, 제가 말하는 '부끄러움 많은 생애'의 중대한 원인이 되는 성격 중 하나인 것 같습니다.

제가 말없이 우물쭈물하고 있으니까 아버지께서는 조금 언짢아하시는 얼굴로,

"역시 책인가. 아사쿠사의 상점가에는 아이들이 머리에 뒤집어쓰고 놀기에 딱 좋은 사자탈을 팔고 있던데, 어때, 갖고 싶지 않으냐."

갖고 싶지 않냐, 라고 물어오면 이미 끝입니다. 우스꽝스러운 대답이고 뭐고 아무 말도 못 하게 됩니다. 그렇게 광대 노릇도 완전히 낙제였습니다.

"책이 좋겠지요."

큰형이 진지한 얼굴로 한마디 했습니다.

"그렇구나."

아버지는, 김이 샌다는 얼굴로 수첩에다 적지도 않고, 수첩을 탁 덮었습니다.

또 이 무슨 낭패냐, 내가 아버지를 노엽게 하였다. 아버지의 복수는 분명 엄청날 것이 틀림없다. 그러니 지금이라도 아버지의 노여움을 풀 길이 없을까, 하고 그날 밤 이불 속에서 바들바들 떨면서 혼자 생각을 거듭하다가, 살며시 일어나 아까 그 응접실로 갔습니다. 아버지 책상 서랍에서 그 수첩을 꺼내, 급하게 장을 넘겨서 선물 목록을 적었던 부분을 찾아내 수첩에 달린 연필에 침을 묻히고 '사자탈'이라고 적고 나서야 잠이 들었습니다. 정작 저는 사자춤을 출 때 쓴다는 그 사자탈이 전혀 갖고 싶지 않았습니다. 되레 책 쪽이 좋았지요. 하지만 저는 아버지가 사자탈을 제게 사주고 싶어 하시는 것을 알아차리고 아버지의 의향에 맞춰서, 오직 아버지의 기분을 풀어드리기 위해서 한밤중에 혼자 응접실에 숨어드는 모험을 감행했던 것입니다.

저의 이러한 비상수단은, 과연 예상했던 대로 대성공이었습니다. 얼마 뒤에 아버지께서 도쿄에서 돌아와, 어머니에게 커다란 소리로 말하는 것을 아이들 방에서 엿들었습니다.

"상점가의 장난감 가게에서 수첩을 펴 보았더니, 이것 봐, 여기에 사자탈이라고 쓰여 있지 않나. 이건 내 글씨가 아니야. 아니 이게 뭔가? 의아해하다가 금방 알아차렸지. 이건 요조의 장난이야. 그 녀석이 내가 물었을 때는 우물쭈물 가만히 있다가 뒤늦게 생각하니 아무래도 사자탈이지 싶었던 게야. 그 사자가 못 견디게 갖고 싶었던 거지. 아무튼 참 별난 녀석이야. 시치미 떼고 앉아 있더니 여기 이렇게 또박또박 잘도 적어놨네. 그렇게도 갖고 싶으면 말로 하면 간단했을 텐데. 장난감 가게 앞에서 웃음이 터지더군. 그 아이를 어서 불러와."

한편, 저는 하인이나 하녀들을 서양식 방에 불러서는, 하인 한 명에게 아무렇게나 피아노의 건반을 두드리게 했고 (시골이었지만 우리집은 웬만한 것을 다 갖추고 있었습니다), 아무렇게나 두드려대는 그 가락에 맞추어 인디언 춤을 추어서 모두를 크게 웃겨놓기도 했습니다. 작은형이 카메라로 이 인디언 춤을 촬영하여, 나중에 인화한 사진을 보니 제 허리에 두른 천(그건 오색 무늬의 보자기였습니다) 틈으로 작은 고추가 보여서 모두가 엄청 웃어댔습니다. 나로서는 이 또한 뜻밖의 큰 성공이었다고 해야 할지도 모르겠습니다.

저는 매달 새로 나오는 소년 잡지를 열 권 이상 사 보았고, 그 밖에도 갖가지 책을 도쿄에서 주문해서 받아 읽었기 때문에 '휘뚜루마뚜루 박사'라거나 '아무렇게나 박사'라는 별명에 매우 익숙했고, 괴담이나 강담 같은 이야기에도 싸그리 달통해 있어서, 말도 안 되는 그 잔이야기들을 진지하게 지껄여서 집안사람들을 웃겨놓기도 했습니다.

하지만, 아, 학교!

저는 학교에서 존경받을 뻔했습니다. 존경받는다는 개념부터가 저를 몹시 두렵게 했습니다. 거의 완전무결하게 주위 사람을 속이다가, 어떤 전지전능한 사람에게 간파당해 산산히 부서져 죽음보다 더한 창피를 당하는 것, 그것이 '존경받는다'는 것에 대한 저의 정의였습니다. 사람들을 속여서 '존경'받더라도, 어느 한 사람은 반드시 알고 있다, 그리고 다른 사람들도 차츰 그 한 사람에게 가르침을 받아서 속아 넘어가게 된 것을 알게 될 때, 그때 인간이 품는 분노와 복수는 대체 어느 정도일까요. 상상만으로도 온몸의 털이 곤두서는 기분입니다.

부잣집에 태어났다는 사실보다도, 흔히 말하는 '머리가 좋다'는 이유로 저는 학교 안에서 존경을 받게 되었습니다. 저는 아이 적부터 병약하여, 한 달이나 두 달, 때로는 한 학년 내내 학교를 쉰 적도 있는데, 그래도 병상에서 막 일어난 몸으로 인력거를 타고 학교에 가서 학년말 시험을 치르고 보면 반에서 누구보다도 성적이 좋은, 소위 '머리가 좋은' 아이였던 것 같습니다. 몸 상태가 좋을 때도 저는 딱히 공부를 하지 않았고, 학교에 가더라도 수업 시간에 만화나 그리다가 쉬는 시간에는 반 아이들에게 그것을 설명해서 웃겨주곤 했습니다. 또 작문 시간에는 엉터리에 웃기는 이야기만 써내서 선생님에게 주의를 받았지만, 그래도 저는 그만두지 않았습니다. 선생님도 은근히 저의 그 웃기는 작문을 기대하고 있다는 것을 잘 알고 있었기 때문입니다. 어느 날 저는 노상 그랬듯이 어머니와 같이 도쿄로 올라가는 기차 안에서 객차 통로에 있는 가래를 뱉는 곳에 소변을 본 실패담을(하지만 그때도 저는 그것이 가래 뱉는 그릇이라는 걸 몰랐던 것은 아닙니다. 아이답게 천진난만한 척 일부러 그랬습니다) 되도록 슬픈듯한 필치로 써서 제출했습니다. 선생님도 분명 웃으리라는 자신이 있었기 때문에, 교직원실로 돌아가는 선생님 뒤를 가만가만 뒤쫓아 갔습니다. 선생님은 교실을 나서자마자 내가 쓴 작문을 그 많은 작문들 속에서 빼내어 읽으면서 키득키득 웃더니, 직원실로 돌아가서는 끝까지 다 읽었는지, 얼굴까지 새빨개져 한바탕 큰 소리로 웃고는 다른 선생님들에게도 그걸 읽히고 있는 것을 보고, 저는 대단히 흡족하였습니다.

　괴짜.

　저는 끝내 괴짜가 되는 데 성공하였습니다. 존경받는 처지에서 벗어나는 데 성공했습니다. 성적표는 전 과목이 10점 만점이었는데 품행 항목만 7점이나 6점을 받아서, 그 일로도 온 집안이 웃음바다가 되기도 하였습니다.

하지만 저의 본성은, 그러한 괴짜 같은 것하고는 정반대였습니다. 그 무렵 이미 저는 하녀나 하인들에게서 슬픈 일을 듣게 되기도 하고, 안 좋은 일을 당하기도 했습니다. 어린아이를 상대로 그런 짓을 하는 것은 인간이 저지를 수 있는 범죄 중에서도 가장 추악하고 천박하고 잔혹한 범죄라고 지금의 저는 생각합니다. 하지만 그때의 저는 참았습니다. 이걸로 또 한 가지, 인간의 특질을 보아냈다는 기분도 없지는 않아서 저 나름으로 웃어넘겼습니다. 만약 나에게 진짜를 이야기하는 습관이 있었다면, 주눅 들지 않고 그들의 범죄를 아버지나 어머니에게 사실대로 털어놓을 수 있었을지도 모르겠습니다. 하지만 저는 아버지나 어머니조차도 온전히 이해할 수는 없었습니다. 인간에게 호소한다, 그런 수단에는 조금도 기댈 수 없었습니다. 아버지에게 호소해도, 어머니에게 호소해도, 경찰에게 호소해도, 정부에 호소해도, 결국은 처세술에 능한 사람들이 늘어놓는, 세간에 통할 법한 변명에 휘둘리게 되지나 않을까.

어차피 편파적일 것이 뻔해서 인간에게 호소하는 일은 쓸모없다. 역시 진실은 아무에게도 털어놓지 않고 혼자 참아내며 광대 짓이나 이어가는 것밖에는 다른 길이 없다, 라는 기분이었습니다.

뭐야, 꼴값한다고, 인간에 대한 불신을 지금 운운하고 있는 건가? 응? 네가 언제부터 크리스천이 되었지, 하고 조롱하는 사람도 있을지 모르겠지만 인간에 대한 불신이 반드시 종교의 길로 이어진다고는 생각하지 않습니다. 실제로 그 조롱하는 사람까지 포함해서 인간은 서로에 대한 불신 속에서 여호와고 뭐고 전혀 염두에 두지 않은 채 유유히 살아가고 있지 않습니까. 역시 어렸을 때의 일이지만, 아버지가 속해 있던 어느 정당의 유명 인사가 우리 동네에 연설을 하러 와서 하인들을 따라 극장에 연설을 들으러 갔습니다. 온통 만원이었고 이 동네에서 특히 아버지와 친했던 사람들 얼굴이 죄다 보였으며 모두 하나같이 박수치고 있었습니다. 연설이 끝나고 청중들은 눈 속의 밤길을 삼삼오오 덩어리져서 귀갓길에 들어섰는데, 다들 오늘 밤의 연설회에 대한 험담을 마구 늘어놓는 것이었습니다. 그 안에는 특히 아버지와 절친했던 사람의 목소리도 껴 있었습니다. 아버지의 개회사도 엉터리, 그 이름깨나 알려진 연설자의 연설도 뭐가 뭔지 모를 소리였다고 소위 아버지의 '동지들'이라는 사람들도 노여워하는 어조로 중얼대고 있었습니다. 그리고 그 사람들은 우리 집에 들러서는, 오늘 밤의 연설은 대성공이었다고 진정으로 기뻐하는 얼굴로 아버지에게 지껄이는 게 아니겠습니까. 하인들까지도 오늘 밤의 연설회는 어땠는지 묻는 어머니의 말에 대단히 재미있었다고 천연덕

스럽게 대답하는 겁니다. 정작 돌아오는 길에는 이런 연설회만큼 재미없는 것도 없다고들 한탄했으면서 말입니다.

하지만 이 정도는 극히 사소한 일에 지나지 않습니다. 서로 속임수를 쓰면서도 누구 하나 이상하게 생각하기는커녕 전혀 상처 같은 것도 받지 않고 서로 속이고 있다는 것조차 깨닫지 못하는 듯이, 참으로 티끌 하나 없이 맑고 밝고 우아해 보이기까지 하는 그 불신은 사람들 생활에 가득 차 있는 듯이 보입니다. 하지만 저는 사람들이 서로 속고 속이는 사실에 대해서는 특별히 흥미조차 못 느낍니다. 저 역시 광대 짓으로 아침부터 밤까지 사람들을 속이고 있으니까요.

저는 애당초 윤리 교과서에 나오는 정의니 뭐니 하는 도덕에는 그다지 관심을 못 갖고 있는 겁니다. 저에게는, 서로 속이고 있으면서도 하루하루 맑고 명랑하게 살아가는, 혹은, 살아갈 자신이 있어 보이는 인간들이 난해할 뿐입니다. 사람들은 끝내 제게 그런 요령을 가르쳐주지 않았습니다. 그것만 알았더라도 저는 인간을 이토록 두려워하거나, 필사적으로 서비스를 하지 않고서도 살아갈 수 있었을 텐데요. 인간의 삶과 대립한 채 밤마다 생지옥의 이런 괴로움을 겪지 않아도 될 테고요. 하인과 하녀들의 그 끔찍한 범죄조차 어느 누구에게도 발설하지 않은 것은 인간에 대한 불신 때문도 아니고, 기독교적인 사상 때문도 아니고 사람들이 요조라는, 저라는 사람에게 신용이라는 그 껍질을 완강하게 달고 있었기 때문이라고 저는 생각합니다. 아버지, 어머니마저 저로서는 이해할 수 없는 모습을 보여주는 일이 있었으니까요.

그렇게 아무에게도 털어놓지 못한 제 고독의 냄새를 많은 여성들이 본능적으로 알아챘는데, 이것이 훗날 제가 여러 가지 일에 말려들게 된 이유 중 하나라는 생각이 듭니다.

이를테면, 저는 여성들에게 사랑의 비밀을 지켜낼 수 있는 사내였다는 뜻입니다.

두 번째 수기

　바닷가, 파도가 부서지는 곳이라 해도 좋을 만큼 바다와 가까운 해변에 시커먼 나뭇결의 꽤 큰 산벚나무가 스무 그루 이상 늘어서 있어, 새 학년이 시작되면 그 산벚나무는 갈색의 끈적끈적해 보이는 새 이파리와 푸른 바다를 배경으로 화려한 꽃들을 피워냅니다. 그렇게 한창 꽃철이 되면 꽃잎이 눈처럼 휘날려 바다를 뒤덮고 해면을 수놓다가 물결을 타고 다시 해변으로 밀려들고, 그 벚꽃 무더기의 해변을 그대로 학교 교정으로 사용하는 도호쿠의 어느 중학교에 저는 수험 공부도 별로 하지 않은 채 쉽게 들어갔습니다. 그 중학교의 모자 휘장과 제복 단추에도 벚꽃이 도안화되어 피어 있었습니다.

그 중학교 바로 가까이에 우리집과 먼 친척 되는 분의 집도 있어서, 대강 그런 이유로 아버지는 그 바다와 벚꽃의 중학교를 저에게 골라주었던 것입니다. 저는 그 댁에 맡겨져서 통학하게 되었는데, 워낙 학교와 가까워서 조례 종소리를 듣고 냅다 달려나가 등교하는 꽤 게으른 학생이었지만 그래도 특유의 광대 짓으로 차츰 한 반의 인기를 독차지할 수는 있었습니다.

　태어나서 처음으로 타향에 나선 셈이었는데, 저는 그 타향이 태어난 고향 집보다도 훨씬 마음 편한 곳으로 여겨졌습니다. 저의 광대 짓이 그 무렵에는 그럭저럭 몸에 익어서 남을 속이는 것이 그전처럼 고생스럽게 느껴지지는 않았기 때문이라고 솔직하게 말해도 좋겠지만, 그보다도 가족과 타인, 고향과 타향, 그 사이에 생겨나는 어쩔 수 없는 연기의 난이도 차이가 비록 엄청난 천재라 하더라도, 가령 하느님의 자식인 예수님일지라도 존재하고 있었던 것이 아닐까요. 배우들에게도 가장 연기하기 어려운 곳이 고향에 있는 극장일 텐데, 하물며 일가친척이 전부 앉아 있는 작은 방에서는 어떤 명배우라도 연기 같은 것에 제대로 신경을 쓸 수 있겠냐는 말입니다. 하지만 저는 해냈습니다. 그것도 제법 성공적으로요. 그런 정도의 실력자였으니, 타향에서야 만에 하나라도 연기에 실수를 할 리는 없었습니다.

제가 가진 인간에 대한 공포는 그전보다 늘면 늘었지, 줄지는 않아서 격렬하게 가슴속에서 요동쳤지만, 연기만은 나날이 좋아져 교실에서 언제나 반 아이들을 웃겨주었고, 선생님들도 이 반은 요조만 없으면 아주 좋은 반이 될 거야, 라며 한탄하면서도 손으로 입을 싸쥐고 웃고는 하였습니다. 저는 천둥처럼 고함을 질러대는 배속장교*마저 간단히 너털웃음을 짓게 만들 수 있었습니다.

　바야흐로, 이제는 나의 정체를 완전무결하게 숨겼다고 안도하던 찰나, 바로 그때에 저는 실로 어이없게도 엉뚱한 쪽에서 등을 찔렸습니다. 그는, 뒤로부터 엄습해온 그자는 기이하게도 반에서 가장 빈약한 체구에다 얼굴도 늘 푸르딩딩하게 부어 있고, 틀림없이 아버지나 형님이 입던 보기 흉측한 기다란 소매의 윗도리를 걸치고 성적은 맨 꼴찌에, 교련이나 체조 시간에는 십중팔구 견학이나 일삼는 반백치 같은 멍청이였습니다.

　저로서도 설마하니 저런 병신이…… 하고 그 아이까지는 전혀 추호도 신경을 안 썼던 것이었습니다.

　그날 체조 시간에 그 학생(성은 지금 기억나지 않지만 이

---

* 배속장교 : 군사훈련을 위해 학교에 배치된 장교.

름은 다케이치였던 것으로 기억합니다)은 늘 그랬듯이 또 그냥 그렇게 견학을 하고 있었고, 우리는 철봉에 매달려 연습 중이었습니다. 저는 일부러 더 긴장한 얼굴을 하고 '얍' 하고 소리 지르며 그대로 몸을 날려 멀리뛰기라도 하듯이 앞으로 날아가 모래 위에 '쿵' 하고 엉덩방아를 찧었습니다. 물론 전부 미리 계획된 실패였습니다. 아니나 다를까, 모두가 한바탕 크게 웃었고, 저도 쓴웃음을 지으며 일어나 바지에 붙은 모래를 털어내고 있었는데, 어느새 곁에 온 다케이치가 제 등을 툭 치면서 낮은 목소리로

"일부러 그랬지. 일부러"라고 속삭이는 것이었습니다.

저는 천지가 뒤흔들리는 것 같았습니다. 그렇게 일부러 실패한 모습을 보였다는 사실을, 다른 사람도 아닌 다케이치에게 간파당하리라고는 전혀 상상도 못 했습니다. 저는, 이 세계가 그 한순간에 지옥의 불기둥에 휩싸여 타오르는 것을 눈앞에서 보듯이 으악! 하고 고함을 지르며 발작할 것 같은 기분을 필사적으로 억눌렀습니다.

그날부터 날마다 달려드는 불안과 공포.

겉으로는 여전히 서글픈 광대를 연기하며 사람들을 웃기고 있었습니다만, 문득문득 저도 모르게 무거운 한숨을 내쉬면서, 무슨 일을 하더라도 다케이치에게는 밑천도 못 건질 정도로 철저히 꿰뚫어 보여져서 조만간 모두가 이 사실

을 떠들어대고 다닐 것이 분명하다, 라는 생각만 하면 이마에 식은땀까지 나며 미친놈처럼 묘한 눈길로 주위를 힐끔힐끔 둘러보곤 했습니다. 그리고 할 수만 있다면 아침이건 낮이건 밤이건 하루 종일 다케이치 곁을 떠나지 않고 그가 그런 소리를 하지 못하도록 감시하고 싶은 생각도 굴뚝 같았습니다. 그렇게 그의 주위에서 얼쩡거리고 있는 동안에, 저의 광대 짓이 '일부러' 한 짓이 아니라, '진짜'였다고 여겨지게 갖은 노력을 기울이고, 또 기회가 된다면 그와 세상에 둘도 없는 친구가 되고 싶다고 생각했습니다. 만일 그 모든 일이 불가능하다면 이제는 그의 죽음을 바랄 수밖에 없다고까지 생각했습니다. 하지만, 아무리 그렇다 해도, 그를 죽이고 싶은 마음까지는 들지 않았습니다. 저는 이날 이때까지 살아오면서 누군가 저를 죽여줬으면 하고 바란 적은 몇 차례 있었지만, 누군가를 죽이고 싶다고 생각한 것은 한 번도 없었습니다. 그것은 그 두려운 상대에게 도리어 행복을 가져다주는 일이라고 생각했기 때문입니다.

저는 그를 안심시키고 달래기 위해서, 우선은 얼굴에 기독교인 같은 우아한 미소를 지으며 머리를 왼쪽으로 30도 정도 틀어서 그의 작은 어깨를 가볍게 쥐고는, 고양이를 달래는 듯한 달콤한 목소리로 내가 살고 있는 집에 놀러 오라고 종종 권유해보았지만 그는 멍한 눈길만 보내올 뿐 한마디 말도 없었습니다. 그러던 어느 날 방과 후, 아마 초여름 무렵의 일이었습니다. 갑자기 소나기가 쏟아져서 학생들이 어떻게 집에 돌아가야 할지 곤혹스러워하고 있었는데, 저는 집이 코앞이라 그냥 그 빗속을 나서려다가 신발장 옆에서 다케이치가 기운 없이 서 있는 걸 보고 왜 그러고 서 있니, 내 우산 같이 쓰고 가자, 하고 우물쭈물하는 그 녀석의 손을 낚아채듯이 잡고 함께 소나기 속을 냅다 달렸습니다. 집에 도착해서 우리 둘의 윗도리를 아주머니에게 내던져 말려 달라고 하고 다케이치를 2층에 있는 제 방까지 끌고 들어오는 데 성공했습니다.

　그 집에는 쉰 살이 넘은 아주머니와 서른 살쯤 되는, 안경을 쓰고 병약해 보이고 키가 껑충한 큰누나(이 누나는 한번 시집을 갔다가, 얼마 만에 친정에 돌아와 있는 것 같았는데, 이 댁 사람들이 부르는 대로 나도 '큰누나'라고 부르곤 했지요)와 최근에 여학교를 졸업한 듯한 셋짱이라고 하는, 언니와 달리 키가 작고 얼굴이 동글동글하게 생긴 작은 누나까지 달랑 세 식구로, 살림집 아래층의 가게에는 약간의 문구용품이나 운동기구를 진열해놓고 있었지만 주 수입은 얼마 전에 세상을 떠난 남편이 남겨준 대여섯 채 가옥에서 매달 나오는 집세인 듯했습니다.

　"귀가 아파."

다케이치는 선 채로 이렇게 말했습니다.

"비를 맞아 젖으면 아프곤 해."

자세히 보니, 양쪽 귀가 심하게 곪아 있었습니다. 고름이 곧장 귀 바깥으로 흘러나올 것 같았습니다.

"저런, 그냥 둬선 안 되겠다. 꽤 아프겠구나" 하고 저는, 과장해서 엄청 놀라는 척하며

"비 오는데 끌고 와서 미안해."

여자 같은 말투로 '상냥하게' 사과하고는, 아래층으로 내려가서 솜과 알코올을 얻어 와 다케이치를 제 무릎에 눕게 하고 조심조심 귀 청소를 해주었습니다. 다케이치도 설마하니 이것이 나의 위선적인 못된 계략임을 눈치채지 못한 듯해서,

"여자들은 분명 너한테 반할 거야"라고, 제 무릎을 베고 누워 어리석은 아첨까지 했을 정도였습니다.

하지만 이 말이 아마 다케이치도 미처 의식하지 못했을 정도의, 엄청난 악마의 예언 같은 것이었다는 사실을 저는 훨씬 세월이 지난 뒤에야 스스로 깨달았습니다. 내가 상대에게 반한다든지 상대가 내게 반한다든지 하는 말들은 아주 천박하고 실없고, 그러면서 한편으로는 기분이 우쭐해지게 해서 아무리 엄숙한 자리라 해도 이런 말이 한마디라도 불쑥 내밀어지면 순식간에 우울의 사원은 무너지고 붕

괴하여 밋밋한 감정만 남는 기분이 듭니다. 하지만 '여자가 자꾸 내게 반해서 괴로워'라는 속된 표현이 아니라, '사랑받는 불안'과 같은 문학 표현을 쓰게 되면 우울의 사원이 무너지지는 않을 것 같으니 참 기묘한 일이지요.

귀의 고름을 닦아주고, 다케이치가 저에게 여자들이 반할 거라는 아부를 했을 때 저는 그냥 얼굴을 조금 붉히면서 웃는 둥 마는 둥하고 별다른 이야기는 하지 않았지만 실은 어렴풋이 짚이는 구석이 있었습니다. "여자들이 너한테 반할 거야"라는 경박한 말을 듣고 우쭐대는 기분에 취해 듣고 보니 짚이는 구석이 있다, 라고 쓰는 건 만담 속 부잣집 도련님 대사로도 못 써먹을 만큼 유치한 일이기에 저는 절대로 그런 우쭐대는 기분으로 '짚이는 구석이 있다'고 한 것은 아닙니다.

저는, 여성 쪽이 남성들보다 몇 곱절은 더 알아내기 어려웠습니다. 저의 가족은 여성이 남성보다 숫자가 많고 친척들도 여자아이들이 많은 데다 앞서 말한 그 범죄를 저지른 하녀들도 있어서, 저는 어릴 때부터 주로 여자들하고만 놀면서 자랐다고 해도 과언이 아닙니다. 하지만 정말이지 하루하루 살얼음판을 걷는 위태위태한 기분으로 그 여자들과 어울려왔습니다. 거의 대부분, 아니 전혀 종잡을 수 없습니다. 오리무중인 채로 종종 호랑이 꼬리를 밟는 실수를 해서 심한 상처를 입기도 했는데, 그게 또 남자들의 채찍질과는 다르게 내출혈처럼 극도로 불쾌하게 내면 깊숙한 곳을 공격해서 쉽게 치유되지 않는 상처로 남곤 했지요.

여자는 자기 쪽으로 끌어들이는 듯하다가 어느 한순간에 홱 내팽개치는, 혹은 다른 사람과 함께 있는 곳에선 나를 무시하고 매정하게 대하다가 아무도 없는 곳에선 꽉 끌어안는다. 여자는 죽은 듯이 깊이 잠든다. 여자란 잠자기 위해서 살아가는 것은 아닌지, 그 밖에도 여자에 대한 여러 가지 관찰을 유년 시절부터 해왔는데 똑같은 인류임은 틀림없으면서도 여자들은 남자들과는 전혀 다른 식으로 살아가는 듯이 느껴지고, 그리고 이 불가사의하고 방심할 수 없는 생물은 기묘하게도 저를 돌봐줬습니다. '반한다'라는 말도 '사랑받는다'라는 말도 제 경우에는 조금도 어울리지 않고 그나마 '돌봐준다'라는 말이 제 상황을 설명하는 데 가장 적합할 것 같습니다.

여자들이 남자들보다 저의 광대 짓에 훨씬 너그러웠습니다. 제 쪽에서 한바탕 광대 짓을 하면 남자들은 그냥저냥 넘어가듯이 슬렁슬렁 웃고만 있지는 않은 데다가, 당장의 분위기에만 취해서 자칫 그 광대 짓이 지나치게 되면 순간적으로 실패의 나락으로 떨어질 수 있다는 것을 저도 알고 있으니까 반드시 적당한 선에서 끝내겠다는 마음이었지만,

여자들은 적당한 선을 모르고 계속해서 광대 짓을 요구하고 저는 끝도 없는 앙코르에 응하느라 기진맥진하곤 합니다. 여자들은 참으로 잘 웃습니다. 대체로 여자들은 남자들보다 쾌락을 즐기는 데는 한 수 위인 듯합니다.

제가 중학교 때 묵었던 그 댁의 큰누나와 누이동생도 틈만 나면 2층 제 방으로 올라오곤 해서 저를 화들짝 놀라게 했는데, 그럴 때마다

"공부 하니?" 하고 물어서

"아니" 하고 배시시 웃으며 책을 덮었습니다.

"오늘 말이야. 학교에서 말이지, 곤봉이라는 지리 선생님이 말이야."

이렇게 입에서 술술 흘러나오는 것은 마음에도 없는 우스갯소리였습니다.

"요조야, 안경 한번 써봐."

어느 날 밤, 작은누나인 셋짱이 언니와 같이 내 방에 놀러 와 한바탕 광대 짓을 시키고는 마지막에 그런 소리를 꺼냈습니다.

"왜?"

"암튼, 써보아. 큰누나 안경을 빌려서."

언제나 그랬듯이 이렇게 난폭한 명령조였습니다. 저는 순순히 큰누나의 안경을 썼습니다. 그 순간, 두 자매는 자

지러지게 웃었습니다.

"어쩜. 똑같네, 로이드랑 완전 똑같아."

그 무렵에 해럴드 로이드라고 하는 외국 영화배우가 일본에서 큰 인기였습니다.

저는 일어서서 한 손을 들고,

"여러분" 하고는,

"이번에, 일본의 팬 여러분에게……."

하고 한바탕 인사를 하면서 또 크게 웃겨주었습니다. 그 후로 로이드의 영화가 동네 극장에서 상영할 때마다 보러 가서 몰래 그 배우의 표정 등을 연구하기도 했습니다.

또 어느 가을밤에는, 잠자리에 누워서 책을 읽고 있는데 큰누나가 새처럼 날렵하게 방 안으로 들어와서 무작정 제 이불 위에 쓰러져 울음을 터뜨렸습니다.

"요조, 나를 도와줄 거지? 그렇지? 이따위 집, 같이 나가 버리는 게 낫겠어. 도와줘. 응? 도와줘."

이렇게 격한 말을 내지르고는 또 울었습니다. 하지만, 제 게는 이런 모습이 처음 있는 일이 아니어서, 큰누나의 이런 지나친 소리에도 그닥 놀라지는 않고, 오히려 그 진부하기 짝이 없고 속 알맹이라곤 도통 없는 소리에 흥이 깨져서, 가만히 이불에서 빠져나와 책상 위의 감 껍질을 벗겨 한 조 각을 큰누나에게 건네주었습니다. 그러자 큰누나도 그걸

받아 흐느끼면서 먹고는,

"뭐, 재미있는 책 없니? 하나 빌려줘" 하고 말했습니다.

저는 소세키의 『나는 고양이로소이다』를 책장에서 꺼내어, 건네주었습니다.

"잘 먹었어."

큰누나는 부끄러운 듯이 웃고는 방에서 나갔습니다. 큰누나 말고도 대체로 여자들이 어떤 기분으로 하루하루 살고 있는가를 생각하는 것은, 제게는 마치 지렁이의 생각을 헤아리는 것보다 더 까다롭고 귀찮고 언짢게 느껴졌습니다. 다만 여자가 저렇게 느닷없이 울거나 할 때는, 뭔가 달콤한 것을 건네주면 그걸 먹고 제정신으로 되돌아온다는 것을 어릴 때부터 대강은 알고 있었습니다.

또, 동생 쪽도 그녀대로 제 친구들까지 방으로 끌고 들어와서 제가 늘 그렇듯 누구에게나 공평하게 모두 함께 웃게 해주고, 그 친구들이 돌아가면 반드시 그 아이들의 험담을 하는 거였습니다. 저 아이는 불량소녀니까 조심하라고 어김없이 말하지요. 그렇다면 처음부터 데리고 오지 않았으면 좋았을 터인데, 아무튼 덕분에 제 방에 오는 손님은 대부분이 여자들이었습니다.

하지만 다케이치가 아부했던 아름다운 "여자들이 너에게 반할 거야"의 경지에는 아직 이르지 못한 것이었습니다. 이를테면 저는 도호쿠 지방의 해럴드 로이드에 지나지 않았습니다. 다케이치의 어리석은 아부가 꺼림칙한 예언으로 생생하게 되살아나 불길한 모습을 드러낸 것은 그로부터 몇 년 지나서의 일이었습니다.

다케이치는 제게 또 하나 중요한 선물을 주었습니다.

"도깨비 그림이야."

언젠가, 다케이치가 저의 2층 방으로 놀러 왔을 때, 가져온 한 장의 컬러판 그림을 자랑스러운 듯이 내보이면서 이렇게 말했습니다.

저는 '어라?' 하고 생각했습니다. 그 순간, 앞으로 제가 가야 할 길이 결정된 건 아닐까, 돌이켜보니 그런 생각이 강하게 듭니다. 그때 이미 저는 희미하게나마 저의 앞날을 예감했습니다. 물론 알고 있었습니다. 그 그림은 그저 고흐의 〈자화상〉일 뿐이라는 걸 말입니다. 우리가 소년이던 시절 일본에서는 프랑스의 인상파 그림들이 크게 유행해서 서양화의 첫 감상은 보통 거기서 시작해 고흐, 고갱, 세잔, 르누아르와 같은 화가의 그림들을 시골 중학생이라도 대부분 사진으로 봐서 알고 있었습니다. 저 역시 고흐의 컬러판 그림을 꽤 많이 봐서 재미있는 터치와 선명한 색채에 흥미가 있었지만, 그걸 도깨비 그림이라고는 한 번도 생각해본 적이 없었습니다.

"그럼, 이런 건 어때? 역시 도깨비 같으려나?"

저는 책장에서 모딜리아니의 화집을 꺼내어 햇볕에 그을린 구릿빛 피부 여인의 누드화를 다케이치에게 보여줬습니다.

"으응, 굉장한데."

다케이치는 두 눈을 휘둥그렇게 뜨고 감탄했습니다.

"지옥의 말 같아."

"도깨비 같은가 보네."

"나도 이런 도깨비 그림을 그리고 싶어."

지나치게 인간을 무서워하는 사람들이 오히려 훨씬 더 무서운 요괴를 확실하게 제 눈으로 보고 싶어 하는 심리, 매사에 신경질적이고 겁이 많은 사람일수록 폭풍우가 더욱 거세지기를 바라는 심리. 아아, 이 화가들은 인간이라고 하는 도깨비에 상처 입고 위협받아 끝내는 환영을 믿고 대낮의 자연 속에서 생생하게 요괴를 보았구나. 게다가 그들은 그것을 광대 짓 따위로 얼버무리지 않고 보이는 그대로를 표현해내려고 노력한 것이다. 다케이치가 말한 대로 대담하게 '도깨비 그림'을 그려낸 것이다. 바로 여기에 제 장래의 진짜 동료가 있다고 느낀 저는 금방이라도 눈물을 쏟을 정도로 흥분하여,

"나도 그려낼 거야. 도깨비 그림을 그릴 거야. 지옥의 말

을 그리겠어" 하고, 어째서인지 잔뜩 목소리를 낮춰서 다케이치에게 속삭였던 것입니다.

저는 소학교 때부터 그림을 그리는 것도, 보는 것도 좋아했습니다. 하지만 제가 그린 그림은 제가 쓴 글만큼 주위의 평가가 그닥 좋지는 않았습니다. 저는 원래 사람들의 말이라는 것을 전혀 믿지를 않아서, 또 작문은 광대의 인사말 같은 것이라, 소학교나 중학교 내내 선생님들을 매우 재미나게는 하였지만 정작 저는 전혀 재미있지 않았습니다. 그림만은(만화는 또 별개지만) 그 대상을 표현해내는 데는 다소 미숙했지만 꽤 고심해서 그렸습니다.

학교에 있는 그림 견본은 시시하고 선생님의 그림도 형편없어서, 저는 엉터리지만 되는대로 다양한 표현법을 스스로 연구해서 시도해야 했습니다. 중학생이 되고 나서 유화 도구도 모두 갖추었지만, 인상파 화풍의 터치를 흉내 내어 그려봐도 제 그림은 마치 일본의 공예품처럼 밋밋할 뿐, 작품이 될 것 같지 않았습니다. 그런데 다케이치의 말 한마디에 그때까지 그림에 대한 나의 마음가짐이 완전히 틀렸다는 것을 깨달았습니다. 아름답다고 느낀 것을 그저 느낀 그대로 아름답게만 표현하려 했던 안이함과 어리석음. 거장들은 아무것도 아닌 것을 주관에 따라 아름답게 창조해

내고, 추한 것에 구역질을 하면서도 그에 대한 흥미를 숨기지 않고 표현의 기쁨에 심취해 있습니다. 즉, 타인의 평가에 연연하지 않는 원초적인 비법을 다케이치에게서 배운 저는 제 방에 오는 여자 손님들에게는 비밀로 한 채 조금씩 자화상을 제작하기 시작했습니다.

나조차도 흠칫할 정도로 음산한 그림이 완성되었습니다. 하지만 이것이야말로 가슴 깊숙한 곳에 꼭꼭 숨겨두었던 나의 정체다, 겉으로는 밝게 웃고 사람들을 즐겁게 하지만, 사실 나는 이런 음울한 마음을 지니고 있는 것이다, 어쩔 수 없지, 하고 가만히 인정했습니다. 그렇지만 그 그림은 다케이치 외에는 누구에게도 보여주지 않았습니다. 제 광대 짓 밑바닥에 깔린 음산함을 간파해 사람들이 갑자기 저를 경계하게 되는 것도 싫었고, 또 이것이 저의 정체임을 모르는 사람들이 이를 새로운 모습의 광대 짓이라고 여겨 웃음거리로 삼을지도 모른다는 걱정도 있었습니다. 그건 무엇보다 괴로운 일이었으므로 그 그림은 곧장 벽장 깊숙이 처박아두었습니다.

학교 미술 시간에도 저는 그 '도깨비식 기법'은 숨기고, 여태 해온 대로 아름다운 것을 아름답게 표현하는 방식으로 그림을 그렸습니다.

저는 전부터 다케이치에게만큼은 상처받기 쉬운 저의 예

민한 모습을 아무렇지 않게 보여왔기에 이번 자화상도 안심하고 다케이치에게 보여주니 그는 크게 칭찬했고, 두 장이고 세 장이고 계속 도깨비 그림을 그려 다케이치로부터 "너는 대단한 화가가 될 거야"라는 또 하나의 예언을 듣게 되었습니다.

여자들이 제게 반할 거라는 예언과 대단한 화가가 될 거라는 예언, 바보 다케이치에게 들은 이 두 개의 예언을 이마에 새긴 채, 이윽고 저는 도쿄로 상경했습니다.

저는 미술학교에 들어가고 싶었지만, 아버지는 예전부터 저를 고등학교에 보내서 나중에 공무원으로 만들 생각이었고 제게도 여러 번 그런 말씀을 하셨기에 말대꾸 한마디 못하는 성격의 저는 멍하니 그 말에 따랐습니다.

아버지께서 4학년 때부터 시험을 쳐보라고 하신 데다 저도 벚꽃과 바다의 중학교에 슬슬 질려가고 있던 차라, 5학년에는 진급도 하지 않고 4학년만 마치고는 도쿄의 고등학교에 입학시험을 보고 합격했습니다. 곧장 기숙사 생활에 들어섰지만 그 불결함과 난폭함에 진절머리가 나서 광대 짓을 하기는커녕 의사에게 폐병이라는 진단서 하나를 받아내고는 그 기숙사에서 나와 우에노 사쿠라기초에 있는 아버지 별장으로 거처를 옮겼습니다. 저에게 단체 생활이라

는 것은 도저히 무리였습니다. 게다가 청춘의 감격이라느
니, 젊은이의 긍지 어쩌고 하는 말은 듣기만 해도 소름이
돋아서 도무지 하이스쿨 스피릿인지 뭔지는 따라갈 수가
없었습니다. 교실도 기숙사도 비뚤어진 성욕의 쓰레기통처
럼 느껴졌고 저의 완벽에 가까운 광대 짓도 그곳에서는 아
무짝에도 쓸모가 없었습니다.

아버지께서는 의회 일이 없을 때는 한 달에 한두 주 정도
만 그 집에 계셨기 때문에 아버지가 안 계실 때면 꽤 넓은
집에 별장지기 늙은 부부와 저 셋뿐이어서 저는 종종 학교
를 쉬었습니다. 그렇다고 도쿄 여기저기를 구경 갈 기분도
안 나서(저는 결국 메이지 신궁도 구스노키 마사시게의 동
상도 센가쿠지의 47인 무사의 무덤도 못 볼 것 같습니다)
하루 종일 집 안에만 틀어박혀서 책을 읽는다든지, 그림을
그린다든지 했습니다. 아버지가 도쿄에 오시면 저는 매일
아침 부지런히 등교를 했지만 실은 혼고 센다기초에 있는
서양화가 야스다 신타로의 화실에 가서 세 시간이고 네 시
간이고 데생 연습을 할 때도 있었습니다. 고등학교 기숙사
에서 나오니 학교 수업에 나가도 마치 청강생 같은 특별한
위치에 있는 것처럼 느껴졌습니다. 이건 저 나름의 비뚤어
진 생각이었는지도 모르지만, 아무튼 저 스스로는 뭔지 생
소한 기분만 들어서 더욱더 학교에 가는 것이 어렵기만 하

였습니다. 그렇게 저는 소학교, 중학교, 고등학교를 통틀어 애교심, 학교를 사랑하는 마음이라는 것을 한 번도 느껴보지도 이해하지도 못했습니다. 교가 같은 것도 한 번도 외워보려고 한 일이 없었습니다.

얼마 후 저는 화실에서 그림을 배우는 한 학생으로부터 술과 담배와 매춘부와 전당포, 그리고 좌익 사상이라는 것을 알게 되었습니다. 묘한 뒤섞임이지만 그건 사실이었습니다.

그 미술학도는 호리키 마사오, 도쿄의 서민 동네에서 태어났고 저보다 여섯 살이나 연장자였는데 사립 미술학교를 졸업하고 집에는 아틀리에가 없어서 화실에 다니면서 서양화 공부를 계속하고 있다고 했습니다.

"5엔만 빌려다오."

서로 얼굴만 익혔을 뿐, 그때까지 말 한마디 나눈 적 없었습니다. 저는 어쩔 줄 몰라 당황하면서 5엔을 내밀었습니다.

"좋아, 한 잔 마시자. 내가 너한테 한 턱 쓸게. 착한 녀석이네."

저는 미처 거부할 틈도 없이 근처에 있는 호라이초의 한 카페에 끌려가, 그이와 친구 사이가 됐습니다.

"전부터 너를 노리고 있었어. 맞어, 맞어. 그 부끄럼 타는 미소, 그게 바로 전도유망한 예술가 특유의 표정이거든. 자, 서로 친해진 기념으로 건배! 기누 씨, 이 녀석 미남이지? 그렇다고 반하지 말라고. 이 녀석이 화실에 나타난 바람에 아쉽게도 나는 2등 미남이 되어버렸어."

호리키는 얼굴색이 까무잡잡하고 단정하게 생겼는데, 미술학도치고는 드물게 깔끔한 양복 차림에다 넥타이 취향도 괜찮아 보였고, 머리는 포마드를 발라 가운데 가르마를 타서 착 넘겼습니다.

저로서는 처음부터 낯선 장소인데다가, 단지 또 무서워져서, 팔짱을 꼈다 풀었다 하며 그야말로 잔뜩 부끄럼 타는 미소만 흘리고 있었는데, 맥주를 두세 잔 마시는 사이에 묘하게 해방되는 듯한 홀가분한 기분이 들었습니다.

"나는 미술학교에 들어가고 싶었는데."

"아니야, 시시해. 그런 곳은 시시해. 학교는 정말 시시해. 우리의 스승은 자연 속에 있어! 자연에 대한 파토스! 정열!"

하지만, 저는 그가 하는 말에 전혀 경의를 느낄 수 없었습니다. 바보 같은 자식이다, 분명 그림 솜씨도 형편없을 테지. 하지만 놀기에는 좋은 상대가 될지도 모르겠다고 생각했습니다. 그러니까 저는 그때 태어나서 처음으로 진짜 도시의 한량을 본 것입니다. 나와 겉모습은 다르지만 그 역시 세상 사람들의 삶에서 동떨어져 겉돌며 갈팡질팡하고 있다는 점에서만은 확실히 같은 부류였습니다. 다만 그는 의식하지 못한 채 광대 짓을 하고 있고, 광대 짓의 비참함 또한 전혀 깨닫지 못하고 있다는 것이 저와 본질적으로 다른 점이었습니다.

그냥 같이 노는 것뿐이다. 놀이 상대로 어울리고 있는 것뿐이다, 하고 항상 그를 경멸하고 더러는 이런 자와 어울리고 있는 것을 창피하게 생각하면서도, 그와 어울려 다니는 사이에 결국 저는 그에게도 크게 당하고 말았습니다.

처음에는 이 녀석을 단순히 호인(好人), 보기 드문 호인이라고만 생각하고, 인간을 두려워만 하던 나도 완전히 방심해서 용케 도쿄에서 이런 좋은 안내자를 만났다 생각했습니다. 저는 사실 혼자서 전차를 타면 차장이 무섭고, 가부키 극장에 들어가고 싶어도 입구 정문에 붉은 카펫이 깔린 계단 양측으로 서 있는 안내원들이 무섭고, 레스토랑에 가면 제 등 뒤에 가만히 서서 접시가 비워지기를 기다리는 웨이터가 무섭습니다. 특히 계산할 때, 아아, 정말 어색하기 짝이 없는 저의 손놀림. 저는 물건을 사고 돈을 낼 때, 인색해서가 아니라 너무 긴장하고 너무 부끄럽고 너무 불안하고 두려워서 눈앞이 빙빙 돌고 세상이 캄캄해지고 거의 반미치광이 상태가 되어서 값을 깎기는커녕, 거스름돈을 받는 것도 잊을 뿐만 아니라 금방 산 물건을 놔두고 나오는 일도 종종 있었기 때문에 도저히 혼자서는 시내를 다닐 수가 없어 할 수 없이 집 안에서만 뒹굴었던 나름의 속사정도 있었습니다.

그런데, 호리키에게 아예 지갑을 맡기고 같이 다니면, 호리키는 어디서나 물건 값을 깎고, 게다가 노는 데에도 전문이어서 적은 돈으로 최대의 효과를 발휘했고, 비싼 택시는 피하고 전차 버스 증기선 등을 적절하게 이용해 최단 시간에 목적지에 닿는 수완을 보여주었습니다. 아침에 사창가에서 돌아갈 때는 어느 요정에 들러 목욕까지 하고, 따끈한 두부에 가볍게 반주 한잔 나누는 맛도, 돈 몇 푼에 호사를 누리는 기분이 될 수도 있음을 실전으로 가르쳐주고, 그 밖에 포장마차의 소고기 덮밥이나 꼬치구이가 저렴한 가격에 비해 영양은 풍부하다고 설교하고, 빨리 취하려면 덴키브랑*만 한 게 없노라고 큰소리치고, 어쨌든 계산에 있어서는 한 번도 저를 불안하거나 두렵게 만든 적이 없었습니다.

그리고 또 한 가지, 호리키와 그렇게 여기저기 돌아다니

---

* 덴키브랑 : 아사쿠사 가마야 바의 브랜디를 베이스로 한 유명한 칵테일 이름. '전기+브랜디'라는 뜻이다.

면서 참으로 좋았던 점은, 호리키는 본래부터 듣는 쪽의 입장은 아예 무시하고 소위 정열이 분출하는 대로(어쩌면 정열이란 상대방 입장을 무시하는 것인지도 모르겠지만) 온종일 실없는 수다를 늘어놓아서 둘이서 걷다가 지쳐도 어색한 침묵에 빠질 걱정은 전혀 없었다는 점입니다. 사람들을 대할 때면 그 무시무시한 침묵의 시간이 나타날까 미리부터 경계하며, 원래는 입이 무거운 제가 필사적으로 광대짓을 해야만 했는데 지금은 이 바보 호리키가 무의식적으로 광대 짓을 자청해주고 있으니, 저는 하나하나 말대답도 별로 하지 않은 채 그냥 듣는 둥 마는 둥 흘려듣다가 더러는 '설마 그랬겠니' 어쩌고 한 마디 지껄이며 웃어주기나 하면 되었습니다.

술, 담배, 매춘부, 그런 것들이 인간에 대한 공포를 단 한 순간이나마 잊게 해주는 좋은 수단이라는 것을 차츰 알게 되었습니다. 그리고 그런 수단을 갖추기 위해서는, 자기가 갖고 있는 모든 것을 당장 죄다 팔더라도 후회를 하지는 않을 것이라는 기분조차 드는 거였습니다.

저에게는 매춘부가 인간도, 여성도 아닌 백치나 미친 사람처럼 보였고 그들 품속에서 오히려 마음을 놓고 푹 깊이 잠들 수도 있었습니다. 그녀들 모두 하나같이 가엾을 정도로 참 욕심이라는 것이 없었습니다. 그리고 그들도 저에게 같은 부류라는 친근감을 느끼는지 늘 제게 부담스럽지 않은 자연스런 호의를 보였습니다. 전혀 타산 같은 것이 없어 보이는 호의, 강요가 없는 호의, 두 번 다시 자기를 찾아오지 않을지도 모르는 사람에 대한 호의. 그 백치나 미친 사람 같은 매춘부들에게서 마리아의 후광을 실제로 보았던 밤도 있었습니다.

하지만, 제가 인간에 대한 공포로부터 벗어나 미미한 하룻밤의 휴식을 찾아 그곳으로 가서, 그야말로 저와 '같은 부류'인 매춘부들과 노는 사이에, 어느새 저도 모르게 무의식적인 그 어떤 꺼림칙한 분위기가 풍기게 된 모양입니다. 이건 전혀 예기치 못했던, 이를테면 '덤으로 얻은 부록' 같은 것이었는데 차츰 그 '부록'이 또렷하게 표면으로 드러나서 호리키에게서 그 점을 지적당했을 때는 몹시 놀랐고 불쾌했습니다. 옆에서 봤을 때 흔한 말로 저는 매춘부를 통해 여자를 배우고 있었습니다. 여자를 알려면 매춘부를 통해 익히는 게 가장 엄격하고 효과가 있다던데, 어느새 저는 '선수'의 냄새를 풍겨서, 여성들이(비단 매춘부뿐만 아니라) 본능적으로 냄새를 맡고 가까이 다가온다는 식의 추잡하고 불명예스러운 분위기를 '부록'으로 얻었습니다. 그것이 제가 취한 안식보다 훨씬 더 눈에 띄었던 모양입니다.

그야, 호리키는 그런 말을 가볍게 입바른 소리로 한마디

했을 것이지만 저로서는 심상치 않게 깊이 받아들여야 할 구석도 전혀 없지는 않았습니다. 이를테면 찻집 여종업원에게서 유치한 편지 한 장을 받은 일도 있었고 사쿠라기초에 있는 집의 이웃인 장군의 스무 살쯤 되는 딸이 제가 등교할 시간에 맞춰 엷은 화장을 한 채 괜히 자기 집 대문을 들락날락 한다든가, 소고기를 먹으러 가면 제가 말없이 있어도 그곳의 여종업원이…… 또, 단골 담배 가게 아가씨가 건네준 담뱃갑 속에…… 또, 가부키를 보러 갔다가 옆자리 사람에게…… 또, 늦은 밤 전차 안에서 술에 취해 자고 있는 동안에…… 또, 생각지도 못한 고향 친척 집 딸에게서 애절한 편지가 오고…… 또, 누군지 모르는 아가씨가 제가 집에 없는 사이 손수 만든 인형을 두고 가기도…… 제가 원체 극도로 소극적이어서, 어느 경우든 일회성으로 끝나 그 이상의 진전은 전혀 없었는데, 아무튼 그렇게 그녀들로 하여금 그 어떤 꿈을 갖도록 하게 하는 그런 종류의 분위기가 저의 어느 구석인가에 떠돌고 있다는 사실 그 자체는 그저 슬쩍 한번 지나가는 외설이나 농담같이, 간단히 흘려버릴 일은 아니었습니다. 더구나 그런 것을 호리키 같은 녀석에게 지적당하고 있었다는 것부터가 굴욕 비슷한 쓰디쓴 느낌이었으며, 매춘부들과 그렇게 허물없이 지내고 있었다는 것도 갑자기 김이 새는 거였습니다.

호리키는 모더니티를 뽐내고 싶은 허세로(그 밖의 깊은 이유 같은 것은 없었다고 저는 지금도 장담하지만) 어느 날은, 저를 공산주의의 독서회라던가 하는(R.S.라고 했던가, 기억이 확실치 않습니다) 비밀 연구회에 데리고 갔습니다. 호리키 같은 인물에게는 공산주의 비밀 모임도 그 전의 '도쿄 안내'의 하나였을지도 모릅니다. 저는 이른바 '동지들'에게 팸플릿을 한 부 사게 되었고 그러고 나서 상석에 있던 엄청 못생긴 청년에게 마르크스 경제학 강의를 들었습니다. 하지만 그런 정도는 저도 이미 잘 알고 있는 것들이었습니다. 그야 물론, 틀림없이 인간의 마음에는 까닭을 알 수 없는 좀 더 무서운 것이 있습니다. '욕심'이라고들 하지만 그 한마디로 끝나지 않는 그 무엇, 또 그렇게 말해도 아직 채 말해지지 못한 색(色), 욕(慾). 이렇게 두 개를 나란히 놓고 보아도 부족하고, 그러고도 채 말해지지 않은 그것이 대체 무엇인지 저도 모르겠지만 사람 사는 세상의 그 밑자락에는 경제뿐만이 아닌, 더 이상은 알 수 없는 괴담 비슷한 것도 있는 것 같아서 그런 괴담에 잔뜩 겁을 먹고 있는 저는 소위 유물론이라는 것에 대해 물이 낮은 쪽으로 흐르듯 자연스럽게 긍정은 하면서도 그로 인해 인간에 대한 공포로부터 대번에 해방되어 푸른 잎을 향해 눈을 뜨듯이 기쁨을 맛볼 수는 없는 거였습니다. 하지만 저는 한 번도 빠지지 않고 그 R. S.(라고 들었던 것 같은데, 아닐지도 모릅니다)라는 모임에 출석했고 동지들 태반이 무슨 큰일이라도 치르듯이 심각한 얼굴로 1 더하기 1은 2 같은, 거의 초등 산수 수준의 이론 연구에 몰두하고 있는 모습이 못내 우스워 보이기만 해서 제 광대 짓으로 모임의 분위기를 풀어보려 애썼습니다. 그 때문인가, 차츰 연구회의 무겁고 답답하기만 했던 분위기도 슬슬 풀어지면서 저는 어느새 그 모임에서 없어서는 안 되는 인기인이 되었습니다. 이렇게 하나같이 단순하기 짝이 없는 사람들은 저 역시 그들과 비슷하게 단순하고 낙천적인, 약간 난봉꾼 같은 동지 정도로 생각했는지 모르지만 만약 그랬다면 저는 이들을 하나에서 열까지 속이고 있었던 셈입니다. 저는 애당초에 이따위 녀석들과 동지는 아니었으니까요. 하지만 그 모임에는 빠짐없이 출석하여 모두에게 광대 짓 서비스를 했습니다.

그저 좋아서였지요. 저는 그 녀석들이 대강 마음에 들었습니다. 하지만, 그게 꼭 마르크스 때문에 맺어진 친애감은 아니었어요.

비합법, 저는 그것이 은근히 즐거웠습니다. 차라리 마음이 편했습니다. 흔한 세상의 '합법'이라는 것들이 통틀어 되레 두렵고, 거기에는 정체 모를 강한 무언가가 느껴집니다. 그들 나름의 그 꼭두각시놀음이 기분 나쁘고 우선은 창문 하나 없이 냉기만 흐르는 그 방에는 도저히 앉아 있을 수 없어서, 바깥은 비합법의 바다 같은 것이긴 했을망정 그 판에 뛰어들어 마음껏 헤엄이라도 치다가 죽음에 이르는 편이 제게는 훨씬 마음 편할 것 같았습니다.

'그늘에서만 사는 사람'이라는 말이 있습니다. 인간 세상에서는 보잘것없는 패배자, 또는 악랄한 자를 지칭하는 것 같은데 저는 태어났을 때부터 음지의 존재였던 것처럼 느껴져, 세상 사람들로부터 저놈은 그런 놈이라고 불리는 정도의 그런 이들과 만나면 늘 마음이 너그러워집니다. 그리고 그런 저의 너그러운 마음은 스스로가 반할 정도의 다정함이었습니다.

또, '범인(犯人) 의식'이라는 말도 있습니다. 저는, 이 인간 세상 속에서 평생 그 의식에 시달리면서도 어쩌면 그것이 조강지처 같은 좋은 반려자이고 그 의식과 둘이서 쓸쓸히 노닐며 살아가는 것도 제가 삶을 대하는 방식 중 하나였는지도 모른다고 생각합니다. 또 속된 말로 '정강이에 상처가 있는 사람*'이라는 말도 있는 모양입니다만, 제가 아기였을

---

* 정강이에 상처가 있는 사람 : 떳떳하지 못하고 무언가 숨기는 것이 있다는 뜻의 일본 속담.

때 저절로 한쪽 정강이에 나타나 커가면서 치유되기는커녕 점점 더 심해져서, 마침내는 뼛속까지 파고들어 밤마다 찾아오는 고통이 천변만화(千變萬化)의 지옥 속이라고 할 만하지만(기묘한 표현입니다만) 그 상처는 차츰 제 혈육보다도 더 친근해졌으며, 그 상처의 아픔은 곧 상처가 살아 있는 감정, 혹은 애정의 속삭임같이도 느껴졌습니다. 그런 제게 지하운동 그룹의 분위기는 묘하게 마음이 놓이고 편했습니다. 이를테면 그 운동이 지니는 본래 목적보다는 그 운동의 결이 저와 맞는 느낌이었습니다. 호리키의 경우는, 그저 바보스러운 농담 한 번 하듯이 저를 소개하려고 그 모임에 갔던 것뿐이어서 마르크스주의자들은 생산 면의 연구와 함께 소비 면의 시찰도 필요하다는 둥, 싱거워 빠진 신소리나 지껄여낼 뿐 모임에는 나오지 않고 어떻게든 저를 소비 면의 시찰 쪽으로 꾀어내고 싶어 했습니다. 생각해보면 당시에는 다양한 유형의 마르크스주의자들이 있었습니다. 호리키처럼 모더니티에 대한 허세로 스스로를 마르크스주의자라고 칭하는 사람도 있고 저처럼 비합법 냄새가 마음에 들어서 거기 주저앉은 사람도 있었는데 만일 이런 실체를 마르크스주의의 진정한 신봉자에게 들켰더라면 호리키도 저도 불덩이 같은 노여움의 대상이 되어 비열한 배반자로 당장에 쫓겨났겠지요. 하지만 저도 호리키도 좀처럼 제명 처분을 당하지 않았습니다. 특히 저는, 그 비합법 세계에서는, 합법 속의 신사들 세계에서보다 오히려 기를 펴고 이른바 '건강'하게 행동할 수 있었기에, 전망 있는 '동지'로서 웃음이 터질 만큼 지나치게 비밀스러운 갖가지 임무를 맡을 정도가 되었습니다.

저 또한 그러한 임무를 언제 한 번이나마 딱 부러지게 거절한 일도 없었고 시원시원하게 떠맡아, 괜히 부자연스럽게 행동해서 개(동지들은 경찰을 그렇게 불렀지요)들한테 불심검문을 받는 등, 그런 종류의 실수도 한 번 없었고 늘 웃어가면서, 혹은 동지들을 웃겨가면서 노상 위태롭다고 여겨지는 임무를(그 운동 과정의 하루하루는 늘 아슬아슬하게 긴장해 있어야 하고, 탐정소설의 서툰 흉내라도 내듯이 극도로 경계를 하며, 그렇게 본인에게 맡겨진 사업이라는 것은, 참으로 어이없을 정도로 별것도 아니었는데도, 그래도 그이들은, 그 작업이라는 것을 늘 위험한 것으로 대단하게 여기면서 열들을 내곤 하였습니다) 어쨌든 정확하게 처리했습니다. 그 당시의 제 심정은 당원으로서 체포되어 설령 평생을 감옥에 갇힌다고 한들 그게 뭐 그다지 큰일이겠느냐는 정도로 무심하기까지 했습니다. 사람들의 '실생활'이라는 것에 그렇게 공포를 느꼈으면서도 매일 밤 잠 못 드는 지옥에서 신음하는 것보다는 차라리 감옥 쪽이 편할지도 모르겠다고까지 생각하고 있었습니다.

아버지는 사쿠라기초의 별장에 계실 때 손님을 맞이하거나 외출을 하셔서, 같은 집에 살면서도 사흘이고 나흘이고 마주치지 않는 일도 다반사였습니다. 하지만 어쨌거나 아버지라는 존재는 늘 뒤숭숭하고 두려운 존재여서 차라리 이 집을 나가서 어디에서건 하숙이라도 할까, 하고 생각은 하면서도 그걸 직접 여쭙지는 못하고 우물쭈물하던 마당에 아버지께서 그 집을 팔아버릴 생각이라는 것을 별장지기 노인에게 들었습니다. 아버지의 의원 임기도 얼마 남지 않은 터에 여러 가지 이유가 겹쳐 있었을 것임에는 틀림없겠지만 앞으로는 새로 선거에 나설 의향도 없는 것 같아서 (고향에다 한 채 새 집을 지어놓기도 하여 도쿄에는 더 이상 미련도 남아 있지 않은 듯하고) 아무리 뭣한들, 고등학생에 지나지 않는 저를 위해 이만한 저택과 하인들을 두고 그냥저냥 있는 것도 공연한 낭비라고 생각하셨는지(아버지의 마음 역시 세상 사람들의 마음과 마찬가지로 저는 잘 모르겠습니다) 어쨌든 그 집은 얼마 후 남의 손에 넘어가게 되어 저는 혼고 모리카와초에 있는 센유칸이라는 낡은 하숙집의 어두컴컴한 방 하나를 얻어 이사를 했고, 그렇게 대번에 돈이 궁해졌습니다.

그전까지는 아버지로부터 다달이 일정액의 용돈을 받았

고, 하루 이틀 사이에 돈이 바닥나더라도 담배든 술이든 치즈든 과일이든, 그런 것들이 늘 집에 부족하지는 않았고 책이나 학용품, 그 밖에 입을 옷 같은 것까지 모두 언제든지 근처 가게에서 외상으로 구할 수 있었고, 호리키에게 메밀국수나 튀김 덮밥을 사줄 때도 아버지의 단골 식당으로 가면 저는 아무 말 없이 가게에서 나와도 상관없었습니다.

하지만 갑자기 혼자서만 하숙방으로 옮기고 이것저것 모든 것을 다달이 일정하게 오는 돈으로만 감당하자니 저로서는 조금 당황할 수밖에 없었습니다. 그 송금이라는 것은 언제나 사나흘이면 바닥이 났고, 저는 엄청 놀라기도 하고 어쩔 줄을 몰라 금방이라도 미쳐버릴 것 같아서 아버지, 형님, 누님 등에 돈 보내달라는 급한 전보를 치고, 편지를 (그 편지에 쓰인 사연은 대개 광대 짓의 연장인 거짓말들이었습니다. 이런 경우에도 우선 상대를 웃겨놓아야 하는 것이 상책이라고 생각했었지요) 연거푸 보내는 한편, 또 호리키에게 소개받은 전당포에도 부지런히 들락날락했으나 사정은 썩 나아지지 않았습니다.

애초에 저는 아무 연고도 없는 하숙집에서 혼자 살아갈 능력이 없는 사람이었습니다. 저는 그 하숙집 방에 혼자 가만히 있는 것이 무척이나 두려웠습니다. 금방이라도 누군가가 습격해 일격을 가할 것만 같아서 거리로 뛰쳐나와 앞서 말한 지하운동을 돕거나, 호리키와 함께 싸구려 술집을 돌아다니면서 학업도 그림 공부도 거의 내팽개쳐 버렸습니다. 고등학교에 입학한 지 이 년째 되는 11월에 연상인 유부녀와 정사(情死) 사건까지 일으켜 제 처지는 완전히 변했습니다.

학교는 결석을 일삼고 학과 공부도 전혀 하지 않고 거의 작파하고 있었음에도 시험 답안 작성에는 요령이 좋아서 그런대로 고향의 가족들을 속일 수 있었지만, 슬슬 출석 일수의 부족 등으로 학교에서 은밀하게 고향의 아버지에게 보고했는지, 아버지를 대신해 큰형이 제게 위압적인 장문의 편지를 보냈습니다. 하지만 그런 일보다도 당장 저의 고통은 돈이 없다는 것과 그 '운동'이라는 일도 이제는 장난 식으로 하기에는 감당이 안 될 정도로 격해지고 정신없이 바빠졌다는 사실입니다. 중앙지구라고 했던가, 무슨 지구라고 했던가, 아무튼 혼고, 코이시카와, 시타야, 간다 그 일대의 학교를 통틀어 마르크스 학생회의 행동대 대장을 맡게 된 것입니다. 무장봉기라는 말을 듣고, 작은 주머니칼을 사서(지금 생각하면 그건 연필 하나도 못 깎을 연약한 칼이었습니다) 그것을 레인코트 주머니에 찔러 넣고, 이쪽저쪽 바쁘게 뛰어다니며, 소위 '연락'이라는 걸 해대는 것이었습니다. 술이나 왕창 마시고 한잠 푹 자고 싶었지만, 돈이 없었습니다. 게다가 P로부터는(당을 그런 은어로 불렀던 걸로 기억합니다만 아닐지도 모릅니다) 숨 돌릴 틈도 없이 임무 의뢰가 왔습니다. 저 같은 병약한 몸으로는 도저히 감당할 수 없게 되었습니다. 애당초 '비합법'이라는 데 흥미를 느껴서 그 '운동'이라는 일을 도와왔었는데, 농담에서 시작한 게 이제는 망아지가 날뛰듯 정신없이 바빠지기만 하니 저는 은밀하게 P 쪽 사람들에게 이건 조금 이야기가 다르지 않습니까, 이런 일은 당신들 직계 사람이 맡아야 할 일 같은데 싶은 마음도 들고, 원망스러운 느낌도 견뎌낼 수가 없어서 끝내는 에라 모르겠다, 하고 내뺐습니다. 그렇게 도망치니 물론 기분도 좋지 않아 차라리 죽어버리기로 하였습니다.

그 무렵 저에게 호감을 가졌던 여자가 셋 있었습니다. 한 사람은 제가 하숙하고 있는 센유칸 집 딸이었습니다. 이 아가씨는 제가 그 '운동'으로 녹초가 되어 돌아와 밥도 먹지 않고 누워 있으면 꼭 편지지와 만년필을 갖고 제 방으로 들어와서는,

"미안해요. 밑에서는 동생들이 귀찮게 해서 마음 놓고 편지를 쓸 수가 없어서요"라고 하며, 제 책상 앞에 앉아서 한 시간 이상이나 무엇인가를 쓰고 있었습니다. 저도 모른 척하고 그냥 자면 될 터인데, 아무래도 제가 무슨 말이라도

해주기를 바라는 눈치여서 늘 그랬듯 그 '운동'에서와 같은 봉사 정신을 발휘해, 사실은 너무 피곤해서 한마디도 하고 싶지 않은 기분이었지만, 녹초가 되어 뻗어버리기 직전에 으음, 하고 신음 소리 섞어 몸체를 돌려 엎드려서는 담배부터 한 대 피웠습니다.

"여자들이 보낸 러브 레터를 태워 목욕탕 물을 데운 남자가 있다고 하던데요."

"어머, 싫어라, 그거 당신이죠?"

"우유는 그런 식으로 데워서 마신 적이 있지요."

"영광이지요. 마셔주세요."

이 여자 빨리 안 나가나. 편지는 무슨, 빤히 다 보이는데. 글자로 장난치면서 사람 얼굴 낙서나 끄적였을 게 분명합니다.

"그거 보여줘 봐요."

죽어도 보고 싶지 않은 마음으로 그렇게 말하면, 어머 싫어요, 싫어, 하면서도 좋아하는 꼴이라니, 너무 꼴 보기 싫어서 흥이 깨질 지경입니다. 그래서 저는 심부름이라도 시켜야겠다고 생각했습니다.

"미안하지만 전찻길 옆 약국에서 칼모틴 좀 사다줄래요? 너무 피곤하니까 얼굴도 화끈거리고 오히려 잠을 못 자겠네. 미안해요. 잔돈은 됐구요."

신이 나서 일어납니다. 심부름을 시키는 일은 결코 여자를 기죽이는 행위가 아니라 오히려 여자는 남자에게 이런 부탁을 받으면 좋아한다는 것도 저는 잘 알고 있었습니다.

또 한 여자는 여자고등사범학교의 문과생으로 이른바 동지였습니다. 이 여자하고는 바로 그 '운동' 때문에 싫어도 매일 만나야 했습니다. 회의가 끝난 후에도 이 여자는 제 뒤를 졸졸 따라다니며 이것저것 자꾸 사주곤 했습니다.

"나를 친누나라고 생각해주면 좋겠어" 하는 그녀 나름의 애교에 저는 내심 질겁을 하면서도,

"아닌 게 아니라, 그럴 생각입니다."

우수 어린 표정을 만들며 대답했습니다. 아무튼 화내게 만들면 무서워진다, 무슨 수를 써서라도 이 자리에서만은 속여 넘어가야 한다, 라는 생각 하나만으로 저는 그 추하고 넌더리 나는 여자에게 봉사하고, 제게 물건을 사주면(그 물건들도 하나같이 촌스러운 것들이라 저는 대부분 받자마자 꼬치구이집 아저씨나 다른 사람에게 바로 줘버렸습니다) 기쁜 척을 하고 농담을 해서 웃겨주곤 했습니다. 어느 여름 날 밤에는 아무리 해도 떨어져주지를 않고 쫄쫄 따라오기만 하여 어두운 골목에서 이제는 그냥 돌아가라는 신호 삼아 살짝 입을 한번 맞추어주었더니 돌아가기는커녕 미친 듯이 흥분을 하여 마침 지나가는 택시를 잡고 소위 그 '운

동'이라는 것을 위해서 비밀로 마련해둔 듯한 꾸정꾸정한 빌딩의 사무실 비슷한 좁디좁은 방으로 끌고 가서는, 날이 밝아올 때까지 난리를 친 일도 있어 누나 좋아하네, 미친 년, 하고 혼자서 쓰디쓰게 웃기도 했습니다.

하숙집의 딸도 그렇고 이 동지라는 여자도 그렇고 어차 피 매일 만나거나 마주쳐야 했기 때문에, 이제까지 겪었던 갖가지 여자들처럼 쉽게 피할 수도 없이 그냥 질질 끌려가 며 제 불안한 심성 때문인지 이 두 여자의 기분대로만 그저 열심히 대하다가 끝내는 그 여자들에게 칭칭 감겨버려서 꼼짝도 못 하게 되는 꼬락서니였습니다.

같은 무렵에 저는 긴자에 있는 어느 큰 카페에서 일하는 여종업원에게 뜻밖의 신세를 지게 되었고, 딱 한 번 만났을 뿐임에도 그 신세 진 일이 마음에 걸려 역시 꼼짝도 할 수 없을 정도의 걱정과 두려움을 느끼고 있었습니다. 그 무렵 이 되어서는 저도 굳이 호리키의 안내를 하나하나 받지 않 더라도 혼자서 전차를 탈 수도, 가부키 극장에 갈 수도, 평 범한 기모노를 입고 카페에 들어갈 수도 있을 정도로 뻔뻔 해져 있었습니다. 마음속으로는 여전히 인간의 자신감과 폭력성을 의심하고 두려워하고 고민하면서도 겉으로는 진 지한 얼굴로 사람들과 인사를, 아니, 역시 저는 패배한 광 대의 쓸쓸한 웃음 없이는 인사도 못 하는 천성이지만, 정신없이 쩔쩔매며 하는 인사나마 치러낼 수 있는 정도의 '기량'을, 지하운동을 하며 뛰어다닌 덕분인지 아니면 여자 덕분인지 아니면 술 덕분인지 그보다는 돈에 궁해진 덕분인지 어찌 됐든 습득해가고 있었습니다. 어디에 있어도 두려워서, 차라리 큰 카페에서 많은 취객이나 여종업원이나 웨이터들 사이에 뒤섞여 있으면 저의 끊임없이 쫓기는 듯한 이 마음도 진정되지 않을까, 하고 10엔을 들고 긴자의 그 큰 카페에 혼자 들어가 웃으며 여종업원에게

"10엔밖에 없으니, 알아서 해줘요"라고 했습니다.

"걱정 마세요."

어딘가 간사이 사투리가 섞여 있었습니다. 그리고 그 한마디가, 기묘하게도 저의 엄청 떨고 있던 마음을 금방 가라앉게 해주었습니다. 아니, 돈 걱정이 사라졌기 때문이 아닙니다. 그 사람 곁에 있으면 걱정할 필요가 없다는 느낌이 들었기 때문입니다.

저는 술을 마셨습니다. 그 사람 덕에 마음이 놓여서, 광대 짓 같은 것도 애당초에 필요 없게 느껴지고 평소의 제 모습대로 입이 조금 무겁고 음울한 구석도 숨김 없이 보여주며 가만가만히 술을 마셨습니다.

"이런 거, 좋아하나요?"

그녀는 갖가지 요리를 제 앞에 늘어놓았습니다. 저는 고

개를 저었습니다.

"술만 마셔요? 저도 마실래요."

　가을의 추운 밤이었습니다. 저는 쓰네코(였던 것 같은데 기억이 희미해져서 정확하지는 않습니다. 저는 동반 자살을 하려 했던 상대의 이름조차 잊어버리는 인간입니다)가 일러준 대로, 긴자 뒷골목에 있는 어느 포장마차 초밥집에서 정말 맛없는 초밥을 먹으며 (그녀의 이름은 잊어버렸지만 그때 그 초밥이 정말 맛없었던 것만은 왜인지 확실한 기억으로 남아 있습니다. 구렁이처럼 생긴 빡빡머리 아저씨가 고개를 흔들어대며 마치 전문가인 양 속임수를 써가며 초밥을 만들던 모습까지 바로 눈앞에 보듯 선명하게 떠오릅니다. 그 후 어느 날 전차 안에서 어디선가 본 얼굴이군, 싶어 삼시 이리저리 생각해보곤, 뭐야, 그때 그 초밥집 주인장과 닮았네, 하고 혼자서 쓰디쓰게 웃었던 일도 있었을 정도입니다. 그녀의 이름도 얼굴 생김새도 기억에서 멀어진 현재에 와서 여전히 초밥집 주인의 얼굴만은 당장 그림으로 그려낼 수 있을 정도로 정확히 기억하고 있다니, 그때의 초밥이 끔찍하게 맛없어서 제게 추위와 고통만 안겨주었나 봅니다. 애초에 저는 맛있는 초밥집이라며 누가 데리고 간 곳에 가서 먹어도 맛있다고 생각한 적이 한 번도 없습니다. 크기가 너무 큽니다. 엄지손가락 정도의 크기로 깔

끔하게 못 만드나, 하고 생각했습니다) 그녀를 기다리고 있었습니다.

그녀는 혼조에서 목수가 사는 집의 2층에 세들어 살고 있었습니다. 저는 그 2층에서 평상시에 제가 가진 음울함을 조금도 감추지 않고 심한 치통에라도 걸린 듯이 한 손으로 뺨을 감싸고 차를 마셨습니다. 그녀는 저의 그런 모습이 도리어 마음에 들었던가 봅니다. 그녀도 늦가을 찬바람에 주위에는 낙엽만 날리는, 완전히 고독한 느낌의 여자였습니다.

같이 자면서 그녀가 저보다 두 살 많다는 것과 고향은 히로시마라는 것을 알게 됐습니다. 저는 남편도 있어요, 히로시마에서 이발소를 하고 있었는데, 작년 봄에 함께 도쿄로 가출을 단행, 내빼왔지만 도쿄에서 마땅한 일자리를 찾지 못하다가 사기죄에 걸려서 형무소에 갇혀 있어요. 그래서 저는 매일 이것저것 차입을 넣어주려고 형무소를 다녔지만 내일부터는 그만두겠어요, 등등 이야기를 했지만 저는 어떻게 된 셈인지 여자의 신세 한탄 따위에는 조금도 흥미를 느끼지 못했습니다. 여자들이 말하는 방식이 서투른 탓인지 이야기의 초점을 못 맞추는 탓인지 아무튼지 제게는 늘 마이동풍이었습니다.

"외롭고 괴로워."

저는 여자의 천만 마디 신세 한탄보다 이 한마디 중얼거
림에 훨씬 공감할 것 같은데, 이 세상의 여자들로부터 끝내
단 한 번도 그런 소리를 들은 일이 없었다는 사실이 기괴하
고도 불가사의하다고 느끼고는 합니다. 하지만, 그녀는 말
한마디로 "외롭다"라고 하지는 않았지만 말 없는 심한 외
로움을, 그녀의 몸 바깥에 아주 얇은 두께의 기류 같은 것
을 갖고 있어서 그녀에게 가까이 다가가면 제 몸도 그 기류
에 휘말려들어서 제가 지닌 다소 뾰족한 기류도 적당히 녹
아들어 '물속의 바위에 달라붙은 낙엽'처럼 제 몸은 공포로
부터도 불안으로부터도 벗어날 수가 있는 거였습니다.

　백치 같은 매춘부들의 품속에서 안심하고 푹 자는 느낌
과는 또 전혀 다른 식으로(무엇보다 그 매춘부들은 성격이
밝았습니다) 사기꾼의 아내와 보낸 하룻밤은 제게 행복하
고(이런 큰소리를 전혀 주저하지 않고 긍정적으로 운운하
는 것은 이 수기 전체에서 두 번 다시 쓰지 않을 작정입니
다) 해방된 밤이었습니다.

　하지만, 단 하룻밤뿐이었습니다. 아침에 눈을 뜨고, 벌떡
일어나 저는 본래의 경박한 광대로 되돌아와 있었습니다.
겁쟁이는 행복조차 두려워하는 법입니다. 부드러운 솜옷에
도 상처를 입습니다. 행복에 상처를 입는 일도 있습니다.
상처 입기 전에 어서 이대로 헤어지고 싶어 조바심을 내고

평소와 같은 광대 짓으로 연막을 둘러쳤습니다.

"돈 떨어지면 인연도 떨어져나간다는 말이 있잖아. 그건 말이야, 해석이 거꾸로 된 거야. 돈이 떨어지면 여자에게도 버림받는다는 의미가 아니야. 남자는 돈이 바닥나면 금방 의기소침해지고, 형편없어지고, 웃음 소리에도 힘이 빠지고, 괜히 비뚤어지면서 결국은 에라 모르겠다는 심정으로 남자 쪽에서 여자를 뿌리치는 거야. 반미치광이가 되어서 차고 또 차고 끝까지 뿌리쳐버린다는 의미지. 가네자와 대사전을 보면 그렇더군. 가엾게도, 나도 그 기분을 알겠더라고."

그런 식으로 바보 같은 소리를 하면서 쓰네코를 엄청 웃게 한 기억이 있습니다. 아무튼 오래 머물러봤자 근심만 쌓인다는 생각에 세수조차 않고 후닥닥 나왔는데, 그때 제가 말한 "돈 떨어지면 인연도 떨어져나간다"는 허튼소리가 훗날, 의외의 걸림돌이 되었습니다.

그러고서 한 달, 저는, 그날 밤의 그 은인과는 만나지 못했습니다. 헤어지고 날이 지날수록, 기쁨은 희미해지고 순간의 은혜가 도리어 부담이 되어 혼자 괜히 심한 속박을 느끼게 되었습니다. 그때 카페에서 계산까지도 전부 쓰네코가 부담하도록 한 그런 작은 일조차 차츰 신경이 쓰여 쓰네코도 하숙집 딸이나 그 여자고등사범학교의 누나와 마찬가지로 저를 위협하는 여자로 여겨져, 멀리 떨어져 있어도 끊임없이 쓰네코를 두려워했습니다. 게다가 저는 같이 잔 적이 있는 여자와 다시 만나게 되면, 갑자기 상대가 불같이 화를 낼 것만 같아 그렇게 마주치는 걸 몹시 꺼리는 성격이어서 더욱 긴자를 피하게 되었습니다. 하지만 그런 성향은 결코 제가 교활해서가 아니라 대체로 여자들이 함께 놀던 때와 아침에 자리에서 막 일어났을 때가 티끌 하나만큼도 이어지지 않으며, 완전한 망각처럼 두 세계가 절단되어 살아간다는 불가사의한 현상을 아직 제대로 터득하지 못하고 있었기 때문이었습니다.

11월 말, 저는 호리키와 간다의 포장마차에서 싸구려 술을 마셨는데, 이 나쁜 친구는 포장마차에서 나와서도 어디 가서 한잔 더 하자고 생떼를 썼습니다. 우리에게 더 이상 돈도 없는데 그래도 마시자, 마시자, 하며 졸라댔습니다. 그때 저는 취해서 대담해져 있었습니다.

"좋아, 그럼 꿈의 나라로 데려가주지. 놀라지 마. 주지육림이라는⋯⋯."

"카페야?"

"맞아."

"그럼 가보자!"

이렇게 해서 두 사람은 전차를 탔고 호리키는 신이 잔뜩 나서 "나 오늘 밤은 여자에게 굶어 있다, 여종업원에게 키스해도 괜찮지?" 했습니다.

저는 호리키가 저런 식으로 추태를 부리는 것을 별로 좋아하지 않았습니다. 호리키도 그걸 알고 있어서 미리부터 제게 확인을 받는 것입니다.

"알겠지? 키스할 거야, 내 옆에 앉은 여종업원에게 반드시 키스해 보일게, 알겠지?"

"글쎄, 마음대로 해."

"고마워. 나 여자한테 정말 굶주려 있어."

긴자 4번가에 내려 이른바 주지육림이라는 큰 카페에 쓰네코만 믿고 거의 무일푼으로 들어가 비어 있는 자리에 호리키와 마주 앉자마자, 쓰네코와 또 다른 여종업원 하나가 달려왔습니다. 그 다른 여종업원이 제 옆에, 그리고 쓰네코가 호리키 옆에 털썩 앉는 순간 아차, 싶었습니다. 쓰네코는 이제 키스를 당하겠구나.

아쉬운 느낌은 아니었습니다. 제게는 원래 소유욕이라는 것은 별로 없었고, 가끔 드물게 아쉬운 느낌이 들 때도 전혀 없지는 않았지만, 그 소유권을 단호히 주장하면서까지 사람들과 다툴 만한 기력은 없었습니다. 훗날, 저는 왕년의 내연의 처가 능욕당하는 것을 묵묵히 보기만 했던 일조차 있을 정도입니다.

저는 가능한 한 인간의 분쟁에 관여하고 싶지 않았습니

다. 그런 소용돌이에 말려드는 것이 두려웠습니다. 쓰네코와 저는 하룻밤뿐인 관계입니다. 쓰네코는 내 것이 아닙니다. 아쉽다는 등의 주제넘은 욕심을 가질 리가 없습니다. 그래도 저는 조금 아차, 싶었습니다.

제 앞에서 호리키의 맹렬한 입맞춤을 받게 될 쓰네코의 처지가 가엾게 느껴졌기 때문입니다. 호리키에게 더럽혀진 쓰네코는 나와 헤어지게 되겠지. 게다가 내게는 쓰네코를 붙잡을 적극적인 열정은 없다. 아, 이렇게 우리 사이는 끝이로구나 하며 순간 쓰네코의 불행에 아차 싶었지만, 이내 물처럼 순순히 단념하고 호리키와 쓰네코의 얼굴을 번갈아 보며 히죽히죽 웃었습니다.

하지만 사태는 생각지도 못한 방향으로 더 나쁘게 전개되었습니다.

"안 할래!"

호리키는 입을 비틀며 한 마디 지껄이고는

"아무리 나라도 이런 궁상맞은 여자하고는……" 하고 질렸다는 듯이 팔짱을 끼고는 쓰네코를 빤히 보며 쓰게 웃었습니다.

"술 좀 주라. 돈은 없다."

저는 속삭이는 소리로 쓰네코에게 말했습니다. 흠뻑 취하도록 마시고만 싶었습니다. 쓰네코는, 그러니까 속물들

눈에는 취객의 키스를 받을 가치도 없는 볼품없고 궁상맞은 여자였던 겁니다. 의외이기도 하고 놀랍기도 하고, 저는 그야말로 벼락이라도 맞은 기분이었습니다 저는 이때까지 전례가 없을 정도로 취해, 고주망태가 되어 쓰네코와 마주 보며 서글픈 미소를 지었습니다. 아닌 게 아니라 그렇게 듣고 보니까 이 여자는 이상하게 더 피곤해 보이고, 궁상맞아 보이는구나, 싶어지는 것과 동시에 돈에 궁한 자들 간의 동질감(돈 많은 자와 가난한 자의 불화는 진부한 소리 같지만 역시 드라마의 영원한 주제 중 하나라고 지금도 저는 생각하고 있습니다), 바로 그 동질감이 가슴에 북받쳐 올라와 쓰네코가 사랑스럽게 느껴졌고 태어나 비로소 처음으로 미약하게나마 제 쪽에서 적극적으로 사랑의 감정이 움직이는 것을 자각했습니다. 물론 토했지요. 앞뒤 사정이 그냥 캄캄했지요. 술이라는 것을 마시다가 이 지경으로 취했던 것도 그때가 난생 처음이었습니다.

눈을 뜨니까 머리맡에 쓰네코가 앉아 있었습니다. 그 목수 집의 2층 방에서 자고 있었던 것이지요.

"돈이 떨어지면 인연도 떨어져나간다고 말해서 그저 농담인 줄 알았는데, 진담이었나 보네요. 정말 만나러 와주지 않더군요. 참 까다로운 이별이네요. 내가 벌어다 줘도 안 되나요?"

"안 돼."

그러고서는, 여자도 누웠습니다. 동이 틀 무렵에 여자 입에서 죽음이라는 말이 처음으로 나와서 여자도 삶에 지칠 대로 지쳐 있는 것 같았고, 나 또한 세상에 대한 공포, 귀찮음, 돈, 지하운동, 여자, 학업을 생각하니 더 이상 참아내며 살아낼 수 없을 것 같아서 그녀의 제안에 선뜻 찬성했습니다.

하지만, 그때는 아직 "죽자, 죽어버리자"는 각오를 실감하지는 못했습니다. 어느 구석인가, '놀이'의 마음이 숨어 있었습니다.

그날 오전, 우리 두 사람은 아사쿠사의 6구를 정처없이 돌아다녔습니다. 찻집에 들어가, 우유도 마셨습니다.

"당신이 계산해요."

그녀의 말에 자리에서 일어나 소맷자락에서 지갑을 꺼내 열어보니 그 안에는 동전이 달랑 세 개 들어 있었습니다. 수치심보다도 처참함이 덮쳐왔고 순간 뇌리에 떠오른 것은 센유칸의 내 방, 교복과 이불만 남고 전당포에 맡길 만한 물건 하나 남아 있지 않은 황량한 방 그 외에는 내가 지금 입고 돌아다니고 있는 허름한 기모노와 망토뿐, 이것이 나의 현실이다. 더 이상 살아갈 수 없다. 확실히 깨달았습니다.

제가 꾸물거리고 있자 여자도 일어서서 제 지갑을 들여

다보았습니다.

"어머, 겨우 그것뿐이에요?"

지극히 무심한 목소리였지만, 뼈에 사무치도록 아팠습니다. 제가 처음 사랑한 사람의 말이었기에 더 아팠습니다. 그것뿐이고 이것뿐이고 간에 동전 세 개는 돈도 아닙니다. 그건, 제가 이날 이때까지 맛본 적 없는 굴욕이었습니다. 도저히 살아갈 수 없는 굴욕이었습니다. 분명 그 무렵의 저는 아직도 부잣집 도련님이라는 부류에서 깨끗이 벗어나지는 못했던 것이겠지요. 바로 그 순간, 저는 스스로 죽어야겠다고 진지하게 결심했습니다.

그날 밤, 우리는 가마쿠라의 바닷속으로 뛰어들었습니다. 여자는, 가게 친구에게 빌린 것이라며 메고 있던 오비를 풀어 정성스럽게 개어서 바위 위에 얹어놓았고 저도 망토를 같은 자리에 벗어두고는 함께 물속으로 뛰어들었습니다.

여자는 죽었습니다. 그리고 저만 살아남았습니다.

제가 고등학생인 데다가, 아버지의 명성도 어느 정도 뉴스거리가 될 만했는지 신문에서도 꽤 큰 문제로 다룬 모양이었습니다.

저는 바닷가에 있는 병원에 수용되었고 고향에서 친척 한 사람이 급하게 달려와 여러 가지 뒤처리를 해줬는데 고향의 아버지를 비롯하여 집안사람들이 죄다 격노하고 있으니 이 이상 하면 고향 쪽 생가와는 의절하게 될지도 모른다, 라고 몇 마디 남기고는 돌아갔습니다. 하지만 저는 그런 일보다도 죽은 쓰네코가 못 견디게 보고 싶어서 훌쩍훌쩍 울고만 있었습니다. 진정으로, 이때까지 만나온 사람들 중에 단 한 사람, 오직 궁상맞은 쓰네코만을 좋아했기 때문입니다.

하숙집 딸이 단가를 쉰 개나 적은 길고 긴 편지를 보내왔습니다. "살아주오"라는 이상한 말로 시작되는 단가만 쉰 개였습니다. 또, 제 병실에는 간호사들이 즐겁게 웃으면서 놀러왔고 제 손을 꼭 잡았다가 돌아가는 간호사도 있었습니다.

왼쪽 폐에 문제가 있는 것이 병원에서 발견되었는데, 제게는 유리하게 작용했습니다. 얼마 안 있어 저는 자살방조죄라는 죄명으로 병원에서 경찰서로 끌려갔는데 경찰이 저를 환자로 취급해서 특별히 보호실에 수용되었습니다.

깊은 밤, 보호실 옆의 숙직실에서 불침번을 서던 늙은 순경이 안쪽의 문을 살짝 열고는

"이봐" 하고 저를 부르더니

"춥지, 여기 나와서 불 좀 쬐라" 하고 말했습니다.

저는 일부러 맥없이 숙직실로 건너가 의자에 걸터앉아서 화롯불을 쬐었습니다.

"역시, 죽은 여자가 그리운 거지?"

"예."

금방이라도 꺼질 듯한 작은 목소리로 대답을 했습니다.

"그게 바로 정이라는 거야."

그는 점점 대담하게 나왔습니다.

"처음에, 여자와 관계를 맺었던 곳은 어디였니?"

마치 재판관처럼 거드름을 피우며 물어왔습니다. 그자는 저를 어린애라고 얕보며 가을밤의 심심풀이로 마치 취조하는 형사라도 된 듯이 제게서 음담패설이라도 끌어내려는 수작 같았습니다. 그의 의도를 바로 알아챈 저는 웃음이 터지려는 것을 간신히 참아냈습니다. 그런 순경의 '비공식적인 신문'에는 대답을 거부해도 괜찮다는 것쯤은 물론 저도 알고 있었지만 이 소슬한 가을밤에 흥을 돋우기 위해 어디까지나 온순하게, 그 순경이 취조 담당 형사이고 형벌의 경중을 결정하는 것도 그 순경의 뜻에 달렸다고 굳게 믿어 의심하지 않는 척 성의를 보이며 그의 음탕한 호기심을 어느 정도 채워줄 만큼의 적당한 '진술'을 했습니다.

"으음, 대강 알겠군. 뭐든지, 정직하게 대답하면, 우리 쪽에서도 그런 점은 많이 감안하거든."

"감사합니다. 잘 부탁합니다."

거의 신들린 연기였습니다. 나 자신을 위해서는 전혀 아무런 득도 없는 완벽한 열연이었지요.

아침이 되어 저는 서장에게 불려갔습니다. 이번에는 본격적인 취조였습니다.

문을 열고 서장실로 들어설 때였습니다.

"오, 미남이군. 이건 자네가 나쁜 게 아니야. 이렇게 잘생기게 낳아준 자네 어머니가 나쁜 거지."

얼굴색이 까무잡잡한, 대학까지 나온 것 같은 느낌의 젊은 서장이었습니다. 들어서자마자 대뜸 이런 소리를 들으니 저는 얼굴의 반이 붉은 반점으로 뒤덮인 보기 흉한 불구자라도 된 듯한 처참한 기분이 들었습니다.

유도나 검도 선수 같은 서장의 취조는 참으로 말끔해서 지난밤 늙은 순경과 한 은밀하고도 집요하기 짝이 없는, 호색한의 '취조'하고는 하늘과 땅의 차이였습니다. 그렇게 첫 신문이 끝나고 서장은 검찰청에 넘길 서류를 정리하면서

"우선 건강부터 챙겨야겠어. 혈담이 나온다면서?"라고 한마디 했습니다.

그날 아침, 이상하게 계속 기침이 나와서 기침이 나올 때마다 손수건으로 입을 막았는데 그 손수건에는 붉은 싸락눈 같은 피가 묻어 있었습니다. 하지만 그건 목에서 나온 피가 아니라 지난밤에 귀밑에 생겨 있던 작은 뾰루지 하나를 주물럭거려서 그 뾰루지에서 나온 피였습니다. 하지만 저는 그 점은 실토하지 않는 편이 좋겠지 싶어,

"예." 하고, 눈길을 아래로 떨구며 얌전하게 대답해두었습니다.

서장은, 서류 작성을 마치고 말했습니다.

"기소가 될지 어떨지는 검사가 결정하겠지만 자네의 신원을 인수할 사람에게 전보나 전화로, 오늘 중으로 요코하마의 검찰청으로 와달라고 부탁해두는 것이 좋겠어. 누군가 있겠지, 자네의 보호자나 보증인이."

아버지의 도쿄 별장에 드나들던 서화와 골동품 상인인 시부타, 같은 고향 사람으로 아버지의 심부름 일을 하던 땅딸막한 사십 대 독신의 그 사내가 제 학교 보증인이었다는 것이 생각났습니다. 그 사내의 얼굴은 특히 눈매가 넙치 비슷하여서 아버지는 늘 그 사내를 넙치라고 불렀고, 저도 그렇게 부르는 게 익숙했습니다.

저는 경찰 전화번호부를 빌려서 넙치의 집 전화번호를 찾아내 전화를 걸어 요코하마의 검찰청으로 와달라고 부탁했습니다. 넙치는 사람이 변한 듯 거만한 말투였지만, 그래도 아무튼 와주기로 했습니다.

"어이, 그 전화기 당장 소독해. 혈담이 나왔다니까."

제가 보호실로 돌아오자 순경들에게 소독을 지시하는 서장의 큰 목소리가 보호실에 앉아 있던 제 귀에도 들렸습니다.

저는 가느다란 끈으로 몸이 묶였습니다. 그 모습을 망토로 가리는 것은 허락됐지만 그 끈의 끝부분은 젊은 순경이 단단히 쥔 채 둘이 같이 전차를 타고 요코하마로 향했습니다.

그렇지만 저는 조금도 불안하지 않았고 오히려 경찰서의 보호실이나 늙은 순경이 그리웠습니다. 아, 저는 어째서 이 모양인 것일까요. 죄인으로서 묶여 있으니 도리어 마음이 놓인다고 할까, 더 차분해지고 그때의 일을 추억하듯이 글을 쓰고 있는 지금도 정말로 편안하고 즐거운 마음입니다.

하지만 그 무렵의 그리운 추억에서 딱 한 가지, 지금 이 순간에도 가슴이 철렁해지는 평생 잊을 수 없는 비참하고 큰 실수가 있었습니다. 저는 검찰청의 어두컴컴한 방에서 검사의 조사를 받고 있었습니다. 검사는 마흔 살 전후의 극히 조용하고(설령 제가 잘생겼다 하더라도 그건 이를테면 음탕한 미모였을 테지만 그 검사 얼굴은 반듯한 미모라고 하고 싶을 정도로 총명하고 평온한 기운을 지니고 있었습니다) 매사에 좀스럽지 않은 사람 같아서, 저도 전혀 경계하지 않고 고분고분하게 진술하고 있었는데 갑자기 또 그 기침이 나와서 저는 소매에서 손수건을 꺼냈습니다. 손수건에 묻은 피를 보자, 어쩌면 이 기침도 무슨 도움이 될지 모르겠다는 천박한 생각이 들어서 콜록콜록 소리를 내며 가짜 기침을 하면서, 손수건으로 입을 가린 채 흘낏 검사

얼굴을 보았지요. 그 순간,

"진짠가?"

차분한 미소였습니다. 식은땀이 줄줄 흘렀습니다. 아니, 지금 다시 떠올려도 당황스러워 미칠 것 같습니다. 중학교 시절에 그 바보 같던 다케이치에게서 "일부러 그랬지. 일부러"라는 말로 등 뒤를 찔리고 지옥으로 떨어졌던 그때의 심정 그 이상이라고 해도 과언이 아닙니다. 그 일과 이 일, 이 두 가지가 제 생에서 가장 크게 실패한 연기의 기록입니다. 검사에게 그런 조용한 모멸을 당하느니 차라리 10년형을 선고받는 편이 나았겠다는 생각이 들 때도 이따금 있을 정도입니다.

저는 기소유예 처분을 받았습니다. 하지만 전혀 즐겁지는 않았고 세상 참담한 기분으로 검찰청 대기실 의자에 앉아 저를 인수하러 올 그 뚱뚱보 넙치를 기다렸습니다.

등 뒤의 높은 창으로는 저녁노을의 하늘이 보이고, 갈매기들이 '여자(女)'를 그리며 날고 있었습니다.

세 번째 수기

1

다케이치 예언의 하나는 맞고 하나는 빗나갔습니다.

여자들이 제게 반할 거라는 그다지 명예롭지 못한 예언 쪽은 맞았지만, 반드시 훌륭한 화가가 될 거라는 축복의 예언은 빗나갔습니다.

저는 겨우 조악한 잡지의 재능 없고 이름 없는 만화가가 되었을 뿐입니다.

가마쿠라 자살 사건으로 인해 고등학교에서 퇴학당한 저는 넙치네 집 2층의 겨우 다다미 석 장짜리 좁은 방에 기거했습니다. 고향에서 다달이 극히 적은 돈이, 그것도 제 앞으로 직접 오는 것이 아니라 넙치에게 은밀하게 보내오는 듯하였고(게다가 그것조차 형들이 아버지 모르게 보내오는 것 같았습니다), 단지 그것뿐, 그 밖에 고향과의 관계는 완전히 끊어졌습니다. 넙치는 언제나 기분이 안 좋아 보였으며 제가 비위를 맞추려 웃어봐도 웃어주지 않았습니다. 인간이란 이렇게도 간단히, 그야말로 손바닥 뒤집듯 변해버릴 수 있는 것인가, 한심스럽게 아니 우스꽝스럽게 생각될 정도로 완전히 변해버려서,

"밖에 나가면 안 됩니다. 여하튼지 나가지 마세요" 하고 늘 똑같은 소리만 되풀이했습니다.

넙치는 제가 언제라도 자살할 우려가 있다고 생각했는지 늘 주시하는 것 같았고, 이를테면 여자 뒤를 따라 바다에 뛰어들 위험이 있다고 생각해서 저의 외출을 엄히 금하고 있었습니다. 그렇지만 술 한 잔 마실 수 없고, 담배도 피울 수가 없고, 아침부터 밤까지 오로지 2층의 다다미 석 장짜리 좁은 방에서 고타쓰* 안에 들어가 오래된 잡지 나부랭이나 뒤적이면서 바보처럼 뒹굴고 있던 저는 자살할 기력조

---

* 고타쓰 : 화로나 전기 등의 열원 위에 틀을 놓고 그 위로 이불을 덮게 되어 있는 일본의 난방 기구.

차 잃은 상태였습니다.

넙치의 집은 오쿠보의 의학전문학교 근처였습니다. 서화, 골동품상, 청룡원이라는 간판 글자들만 제법 그럴 듯할 뿐, 한 동을 나눠 쓰는 두 호수 중 한 집이라서 출입구부터 좁아터지고, 가게 안도 먼지투성이로 그 무슨 허접쓰레기만 늘어놓은 채(하긴 넙치는 그 가게의 잡동사니를 팔아 돈을 벌고 있다기보다는 이쪽 손님의 비장품의 소유권을 저쪽 손님에게 넘겨줄 때 활약하며 돈을 벌고 있는 것 같았습니다), 넙치는 가게에 앉아 있는 경우는 거의 없이 대개는 아침부터 골치깨나 아픈 듯한 얼굴로 바쁘게 집을 나섰고, 넙치가 자리를 비우면 열일고여덟쯤으로 보이는 점원 하나가 가게를 지키면서 저를 감시하는 역할을 했는데, 틈만 나면 동네 아이들과 밖에서 캐치볼을 했습니다. 2층에만 종일 틀어박혀 있는 저 같은 사람은 바보나 반 미친놈쯤으로 생각하는 듯 더러는 잘난 체하며 어른처럼 반 설교라도 하듯이 지껄여대기도 하였지만, 원체 저는 타인과 언쟁 같은 것은 못 하는 성격이라서 그저 지친 얼굴로 혹은 감탄이라도 한 듯한 얼굴로 가만히 들으며 그대로 복종하곤 했습니다. 그 녀석은 넙치의 숨겨진 자식으로, 뭔가 사정이 있어 친자라는 사실을 밝히지 못한 채 지내고 있었습니다. 넙치가 계속 독신인 것도 이와 관련된 어떤 이유인 듯한데, 전에 집안사람에게 이에 관한 소문을 들었던 것도 같은데 저는 타인의 신상에는 전혀 흥미가 없는지라 깊은 사정은 아무것도 모릅니다.

하지만, 그 아이의 눈매에도 묘하게 물고기의 눈을 연상시키는 구석이 있었기 때문에, 어쩌면, 진짜로 넙치의 숨겨진 자식일지도……. 그렇다면, 그 둘은 실로 서글픈 부자간이었습니다. 밤늦게, 2층에 있는 저 몰래 둘이서 메밀국수를 배달시켜서 두 부자가 말없이 먹는 일도 있었습니다.

넙치의 집에서 식사는 늘 그 아이가 만들었고 2층에 있는 성가신 식객의 식사는 따로 쟁반에 차려서 그 아이가 하루 세 번 2층까지 가져다주었습니다. 그리고 넙치와 아이는 계단 아래 축축한 다다미 넉 장 반짜리 방에서 달그락달그락 접시 부딪히는 소리까지 들리게 하면서 둘이서만 급하게 식사를 하곤 했습니다.

3월 말 어느 저녁, 넙치는 뜻밖의 돈벌이가 생겼는지 아니면 뭔가 다른 꿍꿍이가 있었는지 (그 두 짐작이 다 맞다고 하더라도, 어쩌면 다른 몇 가지의 제가 전혀 추측할 수 없는 복잡한 이유가 있었겠지만) 웬일로 술상까지 차린 아래층의 식탁으로 저를 불렀습니다. 넙치답지 않게 참치회 같은 고급 요리까지 준비해놓고는, 흥분해서 멍청하게 앉아 있는 저에게 술을 권하면서,

"어떻게 할 작정이지, 앞으로 대체 어떻게 할 생각입니까?"라고 물었습니다.

저는 그 물음에 대답하지 않고, 식탁 위 접시에서 정어리 포를 집어 들었습니다. 그 작은 생선의 은색 눈알을 쳐다보니 취기가 올라오면서 여기저기 놀러 다니던 시절이 그리워지고, 호리키조차 그리워지고, '자유'가 몹시도 그리워져서 하마터면 울어버릴 뻔했습니다.

이 집에 오고 나서는 광대 짓을 할 의욕도 없고 그저 넙치와 그 아이의 멸시 속에 몸을 맡긴 채 살고 있었습니다. 넙치도 저와 터놓고 길게 이야기하는 것을 피하는 눈치였고, 저 역시 그런 넙치에게 무언가를 부탁하고 싶은 생각 같은 것은 전혀 없어서 그 무렵 매일매일을 그냥 멍청한 날건달처럼 지내왔던 것입니다.

"기소유예라는 것이 전과로 기록이 되지는 않는 모양입니다. 그러니 도련님이 마음먹기에 따라 얼마든지 다시 시작할 수 있습니다. 만약 도련님이 마음을 다잡고 진지하게 제게 상담을 청한다면 저도 생각해보겠습니다."

넙치의 말투에는, 아니, 세상 사람들의 말투에는 이렇게 까다롭고 어딘가 모호하게 발뺌하려는 듯한 미묘한 복잡함이 있습니다. 그런 태도는 거의 쓸데없는 짓처럼만 생각되어 엄중한 경계와 그런저런 자잘한 홍정거리들은 늘 당혹스러웠고 차라리 뭐 어떻게든 되겠지 젠장, 하는 기분으로 그때그때 광대 짓을 한다든지 농담으로 넘긴다든지, 또는 말없이 수긍하여 그 모든 일을 상대방에게 떠맡기는, 이를테면 패배의 태도를 취하곤 했습니다.

이때도 넙치는 저에게 대강 다음과 같이 간단히 보고하면 끝날 일이었음을 저는 나중에 가서야 알았고 넙치의 불필요한 조심성, 아니, 세상 사람들의 이해할 수 없는 겉치레와 체면치레에 정말이지 우울한 기분이 들었습니다.

넙치는 그때, 그냥 이렇게만 말했다면 좋았을 겁니다.

"공립이든 사립이든 어쨌든 4월부터 어느 학교라도 들어가세요. 생활비는 도련님이 학교에 들어가면 고향에서 좀 더 충분하게 보내주기로 했습니다."

훨씬 뒤에야 알았습니다만 사실은 그렇게 하기로 되어 있었던 겁니다. 사실을 알았더라면 저도 그 말에 따랐겠지요. 그런데 넙치가 지나칠 정도로 조심스럽게 에둘러 말하는 바람에 이상하게 꼬여버렸고, 제가 살아갈 방향도 완전히 바뀌어버렸습니다.

"진지하게 제게 상담할 마음이 없다면, 어쩔 수 없지만요."

"무슨 상담이요?"

저는 도대체 무슨 소리인지 짐작도 가지 않았습니다.

"그거야 도련님 마음속에 있겠지요?"

"예를 들면?"

"예를 들면이라니, 앞으로 어쩔 생각인지 묻는 겁니다."

"노동을 하는 편이 좋겠습니까?"

"그게 아니라, 도련님 생각은 대체 어떤데요?"

"설령 학교에 들어간다 하더라도……."

"그거야, 돈이 들겠죠" 하고는 다시 잇대어서

"하지만, 문제는 돈이 아닙니다. 도련님의 생각이지요."

돈이라면 고향에서 보내주기로 되어 있다는 그 한 마디를 왜 하지 않았을까요. 그 한 마디면 제 생각도 정해졌을 텐데. 저는 그저 오리무중이었습니다.

"어때요? 뭔가 장래희망이라고 할 만한 것이 있습니까? 대체, 사람 하나 돌보는 일이 얼마나 어려운지 보살핌을 받는 쪽은 알 턱이 없지요."

"죄송합니다."

"정말 걱정입니다. 저도 일단 도련님을 맡기로 한 이상, 도련님이 어중간하게 살지 않기를 바라는 마음입니다. 훌륭하게 새 출발을 하겠다는 각오 정도는 보여줬으면 좋겠어요. 예를 들어, 도련님의 장래 계획에 대해서 진지하게 상담을 청해온다면 저도 거기에 기꺼이 응하겠어요. 어차피 가난한 넙치가 돕는 거라 이전 같은 호화로운 생활을 바란다면 당연히 기대에 어긋나겠지요. 그렇지만, 도련님이 마음을 확실하게 다잡고 장래의 계획도 명확히 세워서 제게 상담해온다면 저는 조금씩이라도 도련님의 새 출발을 위해 도와주려고 합니다. 알겠습니까, 제 마음을? 도련님은 대체 앞으로 어떻게 할 생각입니까?"

"이곳 2층에서 지낼 수 없다면, 일을 해서……."

"진심으로 하는 소리입니까? 요즘 같은 세상에 설령 제국대학을 나왔다고 한들……."

"아니, 월급쟁이가 되려고 하는 건 아니에요."

"그럼 뭔데요."

"화가요."

큰맘 먹고 그렇게 말했습니다.

"뭐요?"

저는 그때, 목을 움츠리면서 웃던 넙치 얼굴에 비친 그 교활한 그림자를 잊을 수가 없습니다. 경멸 같기도 하고, 또 그와는 다르게 이 세상을 바다에 비유한다면 그 바다의 천길 깊은 곳에 그런 기묘한 그림자가 일렁이고 있을 것 같은, 뭔가 어른의 삶의 밑바닥을 슬쩍 내비친 듯한 그런 웃음이었습니다.

그래가지고는 아무 대화도 안 된다, 전혀 마음을 다잡지 못했다, 생각을 좀 해라, 오늘 밤 내내 진지하게 생각을 해보라는 말을 듣고 저는 쫓기듯이 2층으로 올라가 잠자리에 들었지만 딱히 별 생각이 떠오르지 않았습니다. 그리고 새벽 동이 틀 무렵에 넙치 집에서 도망쳤습니다.

 "저녁에 틀림없이 돌아오겠습니다. 여기 적어놓은 친구에게 가서 장래 계획에 대해 의논하고 돌아올 테니 걱정 마십시오, 정말입니다"라고 편지지에 연필로 크게 쓰고 아사쿠사에 있는 호리키 마사오의 주소와 이름을 적고는 몰래 넙치 집을 나왔습니다.

 넙치에게 설교를 들은 것이 분해서 도망친 것은 아닙니다. 실제로 저는 넙치 말대로 마음을 다잡지 못한 상태였고 장래고 뭐고 짐작도 못 하겠는 데다가 넙치의 집에서 계속 신세를 지는 것은 넙치에게도 못 할 짓이고, 만에 하나 내게 분발할 마음이 생겨서 뜻을 세운다 해도 새 출발에 필요한 자금을 가난한 넙치에게 매달 지원받아야 한다고 생각하니 도저히 괴로워서 견딜 수 없었습니다.

 하지만 저는 이른바 '장래의 계획'을 호리키 같은 녀석과 진심으로 의논하려고 넙치의 집을 나온 것은 아니었습니다. 그건 단지, 조금이나마 넙치를 안심시키고 그 틈에 조금이라도 멀리 도망가고 싶다는 탐정소설적인 책략으로 그런 편지를 썼다기보다는, 아니, 그런 기분도 분명 조금은 있었지만 그보다는 그를 혼란스럽고 당황하게 만드는 것이 두려웠기 때문이었다고 하는 편이 더 정확할지 모르겠습니다. 어차피 들통날 게 뻔한데 사실대로 말하는 것이 두려워서 반드시 뭐라도 덧붙이는 것이 저의 서글픈 버릇 중 하나입니다. 그 점은 세상 사람들이 '거짓말쟁이'라고 부르며 경멸하는 성격과 비슷하기도 하지만 저는 추호도 그 어떤 이득을 챙기려는 목적으로 그런 핑계를 꾸며낸 적은 없습니다. 단지 홍이 깨지고 분위기가 돌변하는 것이 질식할 만큼 두려워서, 나중에 제게 불이익이 될 것을 알면서도 앞서 말한 '필사적인 봉사'를 하는 겁니다. 설령 그것이 비틀리고 미약하며 어리석은 것이라 하더라도 그 봉사하는 마음에서 저도 모르게 그만 한 마디 덧붙이고 마는 경우가 많았던 것 같습니다. 하지만 이런 버릇 또한 세상의 소위 '정직한 사람들'에게 크게 놀아나게 되는 빌미가 되었습니다. 그때 문득 기억 밑바닥에서 떠오른 대로 호리키의 주소와 이름을 편지 끝머리에 적어 넣었을 뿐입니다.

넙치의 집을 나와 신주쿠까지 걸어가 가지고 있던 책을 팔고 나니 저는 어찌할 바를 몰랐습니다. 저는 붙임성은 좋았지만 '우정'이라는 것을 단 한 번도 실감해본 적은 없으며, 호리키처럼 그저 가볍게 놀기에 편한 상대 말고는 모든 인간관계가 그저 고통일 뿐이어서 그 고통을 조금이라도 완화하고자 열심히 광대 짓을 하다 보면 되레 지쳐버리고, 겨우 몇 명 안 되는 지인의 얼굴이나 그와 비슷한 얼굴조차 지나가다 보기라도 하면 심장이 철렁하며 순간 현기증이 날 만큼 불쾌한 전율이 덮쳐올 정도이니, 남들이 저를 좋아한다는 사실을 알면서도 제가 남을 사랑하기에는 부족한 부분이 있었던 것 같습니다. (하긴, 저는 세상 사람들에게 과연 '사랑'이라는 능력이 진짜로 있는지 무척 의문입니다.) 그런 제게 소위 '친구'라는 것이 생길 턱이 없었고, 심지어 '방문'의 능력조차 없었습니다. 남의 집 대문은 내게 단테의 『신곡』에 나오는 지옥문 이상으로 섬뜩하고 그 문 안쪽에는 무서운 용처럼 비린내 나는 괴수가 꿈틀거리고 있는 기척을, 과장이 아니라 실제로 느꼈습니다.

누구하고도 교제가 없다. 아무 데도 찾아갈 곳이 없다.

호리키.

그야말로 농담이 사실이 된 격입니다. 그 편지에 썼듯이 저는 아사쿠사에 있는 호리키를 찾아가기로 하였습니다. 그때까지 제가 먼저 호리키의 집을 방문한 적은 한 번도 없었습니다. 대개는 전보를 쳐서 호리키를 불러내곤 했는데 당장은 그 전보 치는 돈도 그렇고, 게다가 이 지경까지 자존심이 맨 밑바닥으로 굴러떨어진 상황에 전보만으로 호리키가 호락호락 나와줄지 모르겠다고 생각하고는 원체 저와는 인연이 없는 '방문'이라는 걸 한번 해보자고 굳게 결심하며 큰 숨까지 한 번 내쉬고는 전철을 타고서도 지금 같은 신세가 된 저에게 마지막 기대해볼 '끈'이 겨우 저 호리키 녀석이라고 생각하니 새삼 온몸이 얼어붙듯 처참해지기까지 했습니다.

호리키는 집에 있었습니다. 지저분한 골목 안의 이층집에서 호리키는 위층의 딱 하나뿐인 제법 큰 방을 쓰고 있었고 아래층에는 노부모와 젊은 일꾼, 셋이서 끈을 꿰매거나 두드리면서 나막신을 만들고 있었습니다.

호리키는 그날, 도시 사람으로서의 새로운 일면을 제게 보여주었습니다. 그건 속된 말로 약아빠진 얌체 기질이었습니다. 촌놈인 제가 눈이 휘둥그레질 정도로 차갑고 교활한 이기주의였습니다. 저처럼 그저 정처 없이 흐르는 대로 사는 남자가 아니었던 겁니다.

"너한테는 정말 질렸다. 아버지께 용서는 받은 거냐?"

도망쳐 왔다고는 차마 말할 수 없었습니다.

저는 늘 그랬듯 얼버무렸습니다. 금세 호리키에게 들킬 것이 분명한데도 그랬습니다.

"그건 어떻게든 되겠지 뭐."

"이봐, 웃을 일이 아니야. 충고하겠는데 바보 같은 짓은 이쯤에서 그만둬. 난 오늘 볼 일이 있어서 말이야. 요즘 엄청 바빠."

"볼 일이라니, 뭔데?"

"야, 야, 방석 실 뜯지 마."

실인지 끈인지 방석의 네 귀퉁이에 달려 있던 술 장식에서 실 한 오라기를 무의식중에 손가락으로 장난치다가 쭉 잡아 뽑고 있었습니다. 호리키는 제 집 물건이라면 방석의 실 한 오라기도 아깝다는 듯, 그런 걸 창피하게 여기는 기색 하나 없이 그야말로 눈까지 부릅뜨며 저를 타박했습니다. 생각해보니 호리키는 지금까지 저와 어울리는 동안 무엇 하나 잃은 것이 없었습니다.

그때 호리키의 노모가 쟁반에 단팥죽 두 그릇을 가지고 왔습니다.

"앗, 이런" 하고 호리키는 뼛속까지 효자라도 되는 듯이, 노모에게 황송해하며 말투도 부자연스러울 정도로 공손했습니다.

"감사합니다. 단팥죽인가요? 굉장하네요. 이렇게 신경 쓰지 않으셔도 됐는데요. 볼 일이 있어 금방 나가려던 참이었거든요. 아뇨, 그래도 모처럼 어머니가 잘하시는 단팥죽을 만들어주셨는데 맛있게 먹겠습니다. 너도 한 그릇 어때? 어머니가 일부러 만들어주셨어. 와, 이거 정말 맛있네요. 이렇게 호사스러울 데가" 하고 아주 연기도 아닌 듯, 몹시 기뻐하며 아주 맛있게 먹더군요. 저도 그것을 후루룩 마셔보았지만 물비린내가 났고 새알심을 먹어봤더니 그건 새

알심이 아니라 저로서는 알 수 없는 무언가였습니다. 결코, 그 가난을 경멸하는 것은 아닙니다. (저는 그때 그것을 맛없다고 생각하지 않았었고, 노모의 정성도 뼈저리게 와닿았었습니다. 제게 가난함에 대한 공포심은 있어도 경멸감은 없다고 지금도 자처하고 있습니다.) 그 단팥죽 한 그릇과 그에 기뻐하는 호리키를 통해 저는 도시인의 알뜰한 본성, 또 안과 밖을 확실히 구분해서 살아가는 도쿄 가정의 실체를 보았습니다. 안이고 밖이고 구분도 없이 그저 끊임없이 인간의 삶에서 도망치기만 하는 바보 같은 저만 혼자 완전히 뒤처져서 호리키에게조차 버려진 것 같은 낭패감 속에 칠이 벗겨진 젓가락으로 단팥죽을 휘저으며 견딜 수 없이 쓸쓸한 마음이었다는 것을 기록해두고 싶을 뿐입니다.

"미안하지만, 오늘은 일이 있어서 말이지."

호리키는 일어서서 겉옷을 입으며 그렇게 말했습니다.

"실례할게. 미안하다."

그때 호리키에게 한 여자가 방문했고, 제 운명도 급변했습니다.

호리키는 갑자기 활기 만만해지면서,

"아, 미안해요. 그러지 않아도 지금 당신에게 가려던 참이었는데, 이 친구가 갑자기 찾아와서. 아니 괜찮아요. 어서 들어와요."

호리키는 상당히 당황했는지, 제가 깔고 앉아 있던 방석을 빼내 뒤집어서 내밀자 그걸 낚아채더니 다시 뒤집어서 여자에게 권했습니다.

그 방에는 호리키의 방석 말고 손님용 방석은 하나밖에 없었던 것이지요.

여자는 마르고 키가 큰 사람이었습니다. 호리키가 내민 그 방석을 도로 내밀며 입구 가까운 구석에 다소곳이 앉았습니다.

저는 그냥 딴청 피우듯이 두 사람이 주고받는 이야기를 듣고 있었습니다. 여자는 잡지사에서 온 사람 같았고, 호리키에게 삽화인지 뭔지 부탁했던 것을 받으러 온 듯했습니다.

"급해서요."

"다 했습니다. 진작에 완성했죠. 자, 이겁니다."

바로 그때 전보가 왔습니다.

그걸 읽은 호리키의 기분 좋던 얼굴이 순식간에 험악해졌습니다.

"쳇, 너 이게 대체 어떻게 된 거야?"

바로 넙치에게서 온 전보였습니다.

"어쨌든, 당장 돌아가. 내가 데려다주면 좋겠지만, 난 지금 그럴 시간이 없어. 가출해 나온 주제에 그 태평한 낯짝 하곤."

"댁이 어디신가요?"

"오쿠보입니다."

저도 모르게 대답해버렸습니다.

"그러면 회사 근처니까."

여자는 고슈 출신이고, 스물여덟 살이었습니다. 다섯 살짜리 딸과 고엔지의 아파트에서 살고 있었습니다. 남편과 사별한 지 삼 년이 되었다고 했습니다.

"당신은 무척 고생을 하면서 자라온 것 같은데 눈치가 참 빨라요, 가엾게도."

처음으로 정부(情夫) 같은 생활을 하게 됐습니다. 시즈코(그 여기자의 이름이었습니다)가 신주쿠의 잡지사에 출근을 하면 저는 시게코라는 다섯 살짜리 여자아이와 둘이서 얌전하게 집을 지켰습니다. 그전까지 시게코는 엄마가 집을 비우면 아파트 관리인 방에서 놀았던 것 같은데, '눈치 빠른' 아저씨가 놀이 상대로 나타나서 매우 좋아하는 모습이었습니다.

일주일 정도 멍한 상태로 저는 그곳에 있었습니다. 아파트 창문 바로 옆 전깃줄에 걸린 연 하나가 봄날의 먼지바람에 날리고 찢기면서도 악착같이 매달려 떨어지지 않고 마치 고개를 끄덕이듯 휘날리는 모습을 볼 때마다, 저는 그 연이 나오는 악몽까지 꾸면서 가위에 눌렸습니다.

"돈이 있었으면 좋겠어."

"⋯⋯얼마 정도?"

"많이. 돈 떨어지는 날이 인연도 끊어지는 날. 정말 맞는 말 같아."

"멍청한 소리 말어. 바보 같아. 그런 고리타분한 말⋯⋯."

"그래? 하지만, 당신은 몰라. 이대로라면 나는 도망쳐버 릴지도 모르겠어."

"대체, 어느 쪽이 가난한 거야? 그리고, 어느 쪽이 도망 친다는 건데? 이상한 말을 하네."

"스스로 번 돈으로 술, 아니 담배를 사고 싶어. 그림도 내 가 호리키 같은 녀석보다 훨씬 잘 그린다고."

이럴 때, 제 뇌리에 저절로 떠오르는 것은 중학생 때 그 렸던, 다케이치가 '도깨비'라고 했던 몇 장의 자화상이었습 니다. 잃어버린 걸작, 자주 이사를 다니는 바람에 잃어버리 고 말았지만 그것만큼은 확실히 훌륭한 그림이었다는 생각 이 듭니다. 그 뒤로도, 여러 가지 그림을 그려보았지만 그 추억 속의 걸작에는 전혀 미치지 못해, 저는 항상 가슴이 텅 빈 것 같은 나른한 상실감에 괴로워했습니다.

마시다 만 압생트[*].

---

* 압생트 : 향쑥 풍미의 알코올이 강한 술.

저는, 영원히 보상받기 어려울 것 같은 상실감을 혼자 그렇게 표현하고 있었습니다.

그림 이야기만 나오면 눈앞에 그 마시다 만 한 잔의 압생트가 아른거리고, 아, 그 그림을 이 사람에게 보여주고 싶다, 그래서 내 그림 재능을 믿게 하고 싶다, 라는 초조함에 몸부림쳤습니다.

"후후, 글쎄 어떠려나? 당신은 그렇게 진지한 얼굴로 농담을 하는 게 귀여워."

농담이 아니야, 정말이야, 아아 그 그림을 한번 보여주고 싶다, 하며 부질없는 번민을 하다 문득 마음을 바꿔 체념한 채 말했습니다.

"만화 말이야, 적어도 만화라면, 내가 호리키보다 잘 그려."

얼버무리는 광대의 몇 마디를 시즈코는 오히려 진지하게 믿어주었습니다.

"그래. 나도 실은 감탄하고 있었어, 시게코에게 항상 그려주고 있는 그 만화, 나도 웃음이 터지더라. 진짜로 해보면 어때? 우리 회사의 편집장에게 한번 부탁해볼게."

그 회사에서는 아이들을 대상으로 하는, 그다지 알려지지 않은 월간 잡지를 발행하고 있었습니다.

"……당신은 대부분의 여자들이 뭔가를 해주고 싶어서 안달 나게 돼. ……늘 쭈뼛대며 겁먹은 모습이면서도 익살

꾼이야. ……때때로 혼자 깊이 가라앉아 있을 때, 그 모습이 더욱 여자들의 마음을 흔들어."

시즈코는 그 밖에도 많은 얘기로 저를 치켜세워 줬지만 그게 정부의 추잡한 특징이라고 생각하면 점점 '침울해질' 뿐이고 전혀 기운이 나지 않았습니다. 여자보다는 돈, 어쨌든 시즈코에게서 벗어나 자립하고 싶다고 혼자 생각하며 궁리해봤지만 도리어 점점 시즈코에게 의지하게 되는 처지가 되었고, 가출 뒤처리를 비롯한 거의 모든 것을 이 씩씩한 고슈 출신 여장부의 도움을 받아 결과적으로 저는 시즈코 앞에서 한층 더 '쭈뼛쭈뼛' 움츠러들게 되었습니다.

시즈코의 주선으로 넙치, 호리키, 그리고 시즈코, 세 사람의 회담이 성립되었고 저는 고향에서 완전히 절연당한 채 시즈코와 '떳떳하게' 동거하게 되었습니다. 또한 시즈코가 분주하게 뛰어준 덕분에 제 만화도 의외로 돈벌이가 되어 그 돈으로 술과 담배도 샀지만 저의 불안과 울적함은 점점 더 심해지기만 했습니다. 이거야말로 매일매일 울적하다 못해 시즈코네 잡지에 연재하는 만화 「긴타 씨와 오타 씨의 모험」을 그리고 있자면 문득 저도 모르게 고향 집이 떠오르면서 너무 속이 상하여 붓도 움직여주질 않아 그냥 고개를 숙인 채 눈물을 흘린 일까지 있었습니다.

그럴 때 시게코는 제게 작은 구원이었습니다. 그 무렵 시게코는 저를 서슴없이 '아빠'라고 불러주었습니다.

"아빠, 기도를 드리면 하느님께서 뭐든지 들어주신다는
데, 정말이야?"

저야말로 그 기도를 하고 싶다고 생각했습니다.

아아, 저에게 냉철한 의지를 내려주소서. 저에게, '인간'
의 본질을 알려주소서, 사람이 사람을 밀어내도 죄가 되지
않는지요. 저에게 분노의 가면을 내려주소서.

"응, 맞아. 시게코는 뭐든 들어주시겠지만, 아빠는 안 될
지도 몰라."

저는 하느님에게조차 겁을 내고 있었습니다. 하느님의
사랑을 믿지 못하고, 하느님의 벌만을 믿고 있었습니다. 신
앙, 그것은 단지 하느님의 회초리를 받기 위해 고개를 숙이
고 심판대로 향하는 것이라고 생각했습니다. 지옥은 믿지
만 천국의 존재는 도저히 믿어지지가 않았습니다.

"왜, 어째서?"

"부모님 말씀을 안 들었거든."

"정말? 아빠는 무척 좋은 사람이라고 다들 말하던데."

내가 그들을 잘 속이고 있기 때문이야. 이 아파트에 사는
사람들 모두가, 내게 호의를 보이는 것은 나도 알고 있어.
하지만, 내가 얼마나 사람들을 무서워하는지, 그렇게 무서
워하면 할수록 그들은 나를 더욱 좋아하고, 그리고 나라는

사람은, 그렇게 나를 좋아하면 좋아할수록 더 무서워져서 그 모든 사람에게서 더 떠나고 싶어지는 거다. 이 불행의 아픔을 시게코에게 설명해서 알아듣게 한다는 것은 어려운 일이었습니다.

"시게코는 하느님에게 뭘 부탁하고 싶은데?"

저는 자연스럽게 화제를 바꿨습니다.

"나는 있지, 진짜 아빠를 갖고 싶어."

그렇게 물어놓고는 순간, 섬뜩 놀라 어질어질 현기증이 났습니다. 적. 내가 시게코의 적인가, 시게코가 나의 적인가. 어쨌든 이곳에도 나를 위협하는 무서운 어른이 있었구나. 타인, 이해할 수 없는 타인, 비밀투성이인 타인. 시게코의 얼굴이 갑자기 그렇게 보였습니다.

시게코만은 아닐 거라 생각했는데, 역시 이 아이도 갑자기 등에를 때려죽이는 소의 꼬리를 갖고 있었던 것입니다. 저는 그날 이후로 시게코마저 두려워하게 되었습니다.

"색마! 집에 있나?"

호리키는 다시 저를 찾아왔습니다. 가출하던 날 그렇게 섭섭하게 했던 사내였는데, 그래도 거부하지는 못하고 희미하게 웃으며 맞이했습니다.

"네 만화, 아마추어들은 세상 무서운 줄 모르는 똥배짱이 있어서 당해낼 수가 없지. 하지만 방심하지는 말라고. 데생

이 전혀 안 돼 있으니까."

마치 스승이라도 된 듯한 태도였습니다. 나의 그 '도깨비' 그림을 이 녀석에게 보여주면 어떤 얼굴을 할까, 하고 또 부질없는 생각에 몸부림치며 대꾸했습니다.

"그런 소리 마. '악' 하고 비명이 나올 것 같으니까."

그러자 호리키는 더욱 의기양양해서 말했습니다.

"처세술은 뛰어나지만, 그것만으로는 언젠가 결점이 들통나는 법이거든."

처세술이라…… 저는 정말 쓴웃음밖에 나지 않았습니다. 내가 처세술이 뛰어나다니! 제가 인간을 두려워하고 피하고 속이는 행동이 '긁어 부스럼 만들지 말라'는 속담 같은 영리하고 교활한 처세의 교훈을 신봉하는 것처럼 보이는 것일까요. 아아, 인간은 서로 아무것도 모르고 완전히 잘못 보고 있으면서 둘도 없는 친구라 여기고 평생 그걸 모른 채 살다가 상대가 죽으면 울면서 조사(弔辭)를 읽는 것은 아닐까요.

호리키는 어쨌든(물론 시즈코에게 떠밀려 마지못해 맡았을 게 뻔하지만), 그런 식으로 가출을 한 제 문제를 해결하는 데는 중요한 역할을 했던 셈이어서 저의 갱생에 크게 은혜라도 베푼 듯 폼 잡으며 잘난 체도 하고, 설교하듯 너저분하게 지껄이면서 밤늦게 잔뜩 술 취해 쳐들어와서는 그

대로 자빠져 자기도 하고, 또 5엔(항상 5엔이었습니다)을 빌려달래서 뜯어가고는 하였습니다.

"그나저나 너도 이제 여자놀음은 이쯤에서 그만둬. 더 이상은 세상이 용납 안 하니까."

세상이라는 것은 대체 무얼 말하는 걸까요. 인간의 복수형을 말하는 걸까요. 어디에 세상이라는 것의 실체가 있는 걸까요. 어쨌든 강하고, 엄격하고, 두려운 그 무엇이라고만 생각하면서 이제까지 살아왔는데 지금 호리키에게 이런 소리를 듣자 저도 모르게

"세상이라는 건, 너 아니야?"라는 말이 당장 혀끝까지 나오려는 것을, 호리키를 와락 화나게 할까 봐 참았습니다.

'그건 세상이 용납하지 않아.'

'세상이 아니라 네가 용납하지 않는 거겠지.'

'그런 짓을 하면 세상으로부터 호되게 당해.'

'세상이 아니라 너로부터겠지.'

'금방 세상으로부터 뼈도 못 추리게 당한다.'

'세상이 아니지. 그렇게 하는 건 너잖아?'

너는 너 자신의 무서움, 기괴함, 악랄함, 늙은 너구리 같은 교활함, 요괴 할망구 같은 성격을 깨달아라! 등등의 온갖 말들이 가슴속을 오갔지만 저는 그저 얼굴의 땀만 손수건으로 닦으며

"식은땀만 나는군." 하고 웃으면서 한마디 했을 뿐이었습니다.

그렇지만, 그때 이후 저는 '세상이라는 게 사실은 개인이 아닌가'라는, 사상 같은 것을 갖게 되었습니다.

그렇게 흔히 이야기되는 세상이라는 것은 개인이 아니겠는가 하고 생각하기 시작하면서 저는 예전보다는 저 자신의 의지로 움직일 수가 있게 되었습니다. 시즈코의 말을 빌리자면 저는 조금 제멋대로 굴기 시작했고 겁먹지 않게 되었습니다. 또 호리키의 말을 빌리자면, 이상하게 인색해졌습니다. 그리고 시게코의 말을 빌리자면, 시게코를 별로 귀여워하지 않게 되었습니다.

입이 무거워지고 잘 웃지도 않고 매일매일 시게코와 집 안에서 「긴타 씨와 오타 씨의 모험」이라든지, 또 「무사태평 우리 아빠」의 분명한 아류작인 「무사태평 스님」이라든지, 「성질 급한 핀짱」이라는 저 자신도 뭐가 뭔지 모를 엉터리 제목의 연재만화들을 여러 회사에서 주문(드문드문 시즈코의 회사말고도 다른 곳에서 일이 들어오기도 했지만 전부 시즈코의 회사보다 떨어지는 삼류 출판사의 주문이었습니다)까지 받으면서 참으로 음울한 기분으로 느릿느릿(저는 그림 그리는 속도가 굉장히 느린 편이었습니다), 당장은 단지 술을 마시고만 싶어서 그리곤 하였는데, 시즈코가 회사에서 돌아오면 마치 교대하듯이 휙 밖으로 나가서 고엔지 역 근처의 포장마차나 스탠드바에서 값싸고 독한 술을 마시고는 약간 기분이 좋아져서 아파트로 돌아오곤 했습니다.

"보면 볼수록 이상한 얼굴이야, 당신은.「무사태평 스님」의 얼굴은 사실 잠든 당신 얼굴에서 힌트를 얻었어."

"당신의 잠든 얼굴도 엄청 늙었어. 마흔 살 남자 같아."

"그거야, 당신 탓이지. 빨아 먹힌 거라구, 강물의 흐름과 사람의 팔자느은 무엇이 고민인가 강가의 버드나무여어어."

"시끄럽게 하지 말고 빨리 자. 아니면 밥 차려올까?"

시즈코는 침착한 태도로 전혀 저를 상대해주지 않았습니다.

"술이라면 한 잔 더 하겠지만. 강물의 흐름과 사람의 팔자느은 사람의 흐름과, 아니, 강물의 흐름과 강물의 팔자느은."

그렇게 한바탕 노래까지 흥얼거리면서 시즈코가 옷을 벗겨주는 대로 그대로 내맡긴 채 어느새 시즈코 가슴에 이마를 쑤셔 박고 잠들어 버리는 것, 바로 이런 게 하루하루 일상이었습니다.

하여, 그 이튿날도 똑같은 일을 되풀이하고,
어제와 다름없는 관례만 좇으면 좋다.

즉, 거칠고 커다란 환락을 피하고만 있으면,

자연히 또 커다란 슬픔도 안 오는도다.

가는 길을 가로막는 돌을

두꺼비는 돌아서 지나간다네.

우에다 빈이 번역한 기 샤를 크로라고 하는 사람의 이런 시구를 읽었을 때, 저는 혼자서 얼굴이 타오르듯 붉어졌습니다.

두꺼비.

그것이 나다. 세상이 용납하고 말 것도 없다. 매장 당하고 말 것도 없다. 나는 개나 고양이보다도 열등한 동물이다. 두꺼비. 느릿느릿 움직이고 있을 뿐이다.

저는 점점 술 마시는 양이 늘어갔습니다. 고엔지 역 근처뿐만 아니라 신주쿠, 긴자 쪽으로 나가서도 마시고, 외박도 하고 그저 이제는 '관례'를 따르지 않으려고 바에서 무뢰배처럼 군다거나 닥치는 대로 키스를 한다거나 말하자면 그 '동반 자살 사건' 이전의, 아니, 그 무렵보다 한층 더 거칠고 야비한 술주정뱅이가 되었고 돈이 궁해지면 시즈코의 옷가지까지 내다 파는 지경이 되었습니다.

이곳에 옮겨와서 그 찢어진 연을 보며 쓴웃음을 짓던 그때로부터 일 년 이상이 또 지나 벚꽃이 지고 잎이 무성해졌을 즈음, 저는 또 시즈코의 오비며 속옷 등을 몰래 가지고 나와 전당포에 맡기고 돈을 마련해 긴자에서 술을 마시며 이틀 연속 외박을 했습니다. 사흘째 밤이 되자 몸 상태가 안 좋아져서 시즈코의 아파트로 돌아가 발소리를 죽인 채 방 앞까지 가니, 안에서 시즈코와 시게코가 대화하는 소리가 들렸습니다.

"왜 술을 마시는 거야?"

"아빠라는 사람은 너무 착한 사람이라서, 그래서…….."

"착한 사람은 술을 마시는 거야?"

"반드시 그런 건 아니지만…….."

"아빠는 분명 놀라겠지?"

"싫어할지도 모르지. 어머 저런, 상자에서 튀어나왔어."

"「성질 급한 핀쌍」 같네."

"그러네."

진심으로 행복한 듯한 시즈코의 낮은 웃음소리가 들려왔습니다.

문을 살짝 열고 안을 들여다보니 하얀 새끼 토끼가 깡충깡충 방 안을 뛰어다니고 모녀는 그 뒤를 쫓고 있었습니다.

행복하구나, 이 사람들은. 나 같은 머저리가 이 두 사람 사이에 끼어들면 머잖아 둘을 엉망진창으로 만들겠구나. 조촐한 행복, 착한 모녀, 행복하기를. 아아 하느님께서 저

같은 놈의 기도도 들어주신다면 단 한 번이라도, 평생에 단 한 번뿐이라도 좋으니 둘을 위해 기도합니다.

저는 그 자리에 웅크려 앉아 두 손을 모으고 싶은 마음이었습니다. 조용히 문을 닫고 다시 긴자로 간 저는, 그 뒤로 다시는 그 아파트로 돌아가지 않았습니다.

그리고 교바시 바로 옆의 스탠드바 2층에 저는 또다시 정부가 되어 들어앉았습니다.

이제 저도 어렴풋이 알기 시작한 것 같았습니다. 개인과 개인의 싸움이고 그 순간의 싸움이며 그 자리에서 이기면 되는 것이다. 인간은 절대 인간에게 복종하지 않는다. 노예조차 노예다운 비굴한 복수를 하는 법이다. 따라서, 사람에게는 그 자리에서의 승부에 의지하는 것 말고는 살아남을 방법이 없다. 대의명분 같은 것을 외치지만 모든 노력의 목표는 반드시 개인, 개인을 넘어서 또 다른 개인, 세상의 난해함은 개인의 난해함, 바다는 세상이 아니라 개인이다. 그리하여 세상이라는 거대한 바다의 환영에 겁먹는 것으로부터 조금이나마 해방되어서 그전처럼 이것저것 자잘한 것까지 끝없이 신경 쓰는 일 없이, 이를테면 그때그때의 필요에 따라 어느 정도는 뻔뻔하게 대응할 수 있게 되었습니다.

고엔지의 아파트를 버리고, 교바시의 스탠드바 마담에게

"헤어지고 왔어."

그렇게 한 마디만 했고, 그것으로 충분했습니다. 한판 승부로 결정이 났고 그날 밤부터 저는 충동적으로 그곳의 2층에 머물게 되었습니다. 무서울 것 같던 '세상'은 저에게 아무런 위해도 가하지 않았고, 나 역시 '세상'에 어떤 변명도 하지 않았습니다. 그저 그렇게 마담 기분대로 모든 일은 끝났던 것입니다.

저는 그 가게의 손님 같기도 하고, 남편 같기도 하고, 심부름꾼 같기도 하고, 친척 같기도 했습니다. 옆에서 보기에 도무지 정체를 알 수 없는 존재였을 터인데, '세상'은 조금도 수상히 여기지 않았고, 그리하여 가게의 단골들도 저를 요조, 요조, 하고 부르며 무척 다정하게 대해주었고 술도 사주었습니다.

저는 점점 세상을 경계하지 않게 되었습니다. 세상이라는 곳이 그렇게 무서운 곳은 아니구나, 하고 생각하게 되었습니다. 이를테면, 지금까지 저의 공포심은 봄바람에는 백일해 세균이 몇십만, 목욕탕에는 눈을 멀게 하는 세균이 몇십만, 이발소에는 탈모를 일으키는 세균이 몇십만, 전철 손잡이에는 옴벌레가 우글우글, 또 생선회나 덜 익힌 소고기와 돼지고기에는 촌충의 유충이니 디스토마니 뭔지 모를 알 등이 반드시 숨어 있고, 또 맨발로 걸으면 발바닥에 작은 유리 파편이 들어가 그 파편이 몸속을 돌다가 눈알을 찔러 실명할 수도 있다는 이른바 '과학 미신'에 겁먹는 것과 다름없었습니다. 확실히 몇십만 세균이 그렇게 곳곳에서 우글거리고 있는 것은 과학적으로도 사실이겠지요. 하지만 동시에, 그 존재를 무시해버린다면, 그것은 저와 아무 상관 없이 순식간에 사라지는 '과학의 유령'에 지나지 않는다는 사실도 저는 알게 되었습니다. 도시락 먹다가 남긴 밥풀 세 알, 천만 명이 하루에 세 알씩만 남겨도 이미 그것은 쌀 몇 섬을 헛되이 버리는 꼴이 된다든지 또 천만 명이 하루에 코 푸는 휴지 한 장씩을 절약하면 어느 정도의 펄프가 남는다든지 식의 '과학적 통계'에 제가 얼마나 위협을 받았는지, 밥알 하나를 남길 때마다 또 코를 풀 때마다 산더미의 쌀과 산더미의 펄프를 허비하고 있는 듯한 착각에 괴로워하고 중대한 죄를 짓고 있는 듯한 암울한 기분이 들곤 했습니다. 하지만 그것들이야말로 '과학의 거짓', '통계의 거짓', '수학의 거짓'입니다. 밥풀 세 알을 모을 수 있는 것도 아니고 곱셈, 나눗셈의 응용문제로도 참으로 원시적이고 질이 낮은 주제로, 전기가 들어오지 않는 어두운 변소 구멍에 사람은 몇 번에 한 번 한쪽 발을 헛디뎌서 빠지게 될까, 또는 전차의 출입문과 플랫폼 사이에 있는 틈으로 승객 중 몇 명이 발을 빠뜨릴까, 하는 확률을 계산하는 것만큼이나 바보 같은 짓입니다. 실제로 일어날 법한 일이기는 하지만, 변소 구멍에 떨어져서 상처를 입었다는 사례는 한 번도 들어본 적 없고, 그런 가설을 '과학적 사실'로써 교육받아 그를 진짜 현실로 받아들여 두려워했던 어제까지의 제가 안쓰럽고 웃음이 나올 정도로 저는 세상이라는 것의 실체를 조금씩 알게 되었습니다.

그렇다고는 해도, 역시 인간이라는 것이 아직은 저에겐 두렵기 짝이 없어 가게에서 손님들을 대하는 경우에도 술 한 잔 정도를 급히 마시고서야 자리에 나서곤 했습니다. 그러나 무서울수록 더 보고 싶은 법. 저는 매일 밤 기어이 가게에 나가서 아이들이 무서워하는 작은 동물을 도리어 강하게 꽉 잡아보듯이 취기가 오르면 가게 손님들에게 주제넘게도 예술론 같은 것을 운운해보기도 했습니다.

만화가. 아아, 하지만 저는 큰 즐거움도, 큰 슬픔도 없는 무명의 만화가일 뿐입니다. 훗날 아무리 큰 슬픔이 찾아온다 해도 좋으니 거칠고 큰 기쁨을 느끼고 싶어 내심 안달이 나 있었지만, 현재의 기쁨은 손님들과 쓸데없는 이야기를 나누며 손님의 술이나 마시는 일뿐이었습니다.

교바시로 와서 이런 시시한 생활을 1년 가까이 계속하면서 저의 만화는 어린이를 대상으로 하는 잡지뿐만 아니라, 역에서 파는 조잡하고 외설스러운 잡지 등에도 실리게 되

어, 저는 조시 이키타(情死, 生きた)[*]라는 웃기는 익명으로 추잡한 알몸 그림 등을 그리고, 거기에 대개는 『루바이야트』의 시구를 넣었습니다.

쓸데없는 하느님에의 기도일랑 그만둬라
눈물을 흘리게 하는 일일랑 내다 버려라
우선 한잔 마시고 보자, 즐거운 일만 떠올리면서
소용없는 선심 쓰는 일일랑 잊어버려라

불안이나 공포로써 사람을 위협하는 연놈들은
저들 자신들이 만들어낸 허황된 죄에 억눌려서
죽은 자들의 복수에 대비하자며
자신의 머리로 갖가지 계책이나 꾸미려 들지

불러라, 술이 남아나서 나의 심장은 기쁘기만 하고
오늘 아침에 깨어나서 단지 황량하기만 하니

---

[*] '동반 자살, 살았다'라는 뜻으로, 上司幾太와 情死, 生きた의 일본어 발음이 같은 것을 이용해 말장난을 한 것.

의아하구나 지난밤 중에
전혀 달라져버린 이 기분이라니

앙화 같은 것들일랑 애당초에 생각들도 말아줘
멀리서부터 울려오는 북소리마냥
뭐가 뭔지 모를 그런 것 따위는 불안하다
자잘한 짓들까지 모조리 죄로 내몬다면 견딜 수 있
겠나

정의가 인생의 지침이라고?
그렇다면 온통 피로 얼룩져 있는 싸움터에
암살하려 드는 그런 칼끝에
무슨 놈의 정의가 깃들겠나?

어느 곳에 지도 원리가 있느냐?
과연 어떤 예지(叡智)의 빛이 있느냐?
아름답다는 것이나 두려운 것이나 뜬구름인 것을
가엾은 사람들의 자식들은 너무도 무거운 짐들을 짊
어진 채

다르게는 어쩔 길도 없는 정욕의 씨앗만을 끌어안고

선이다 악이다 죄다 벌이다 그저 아우성일 뿐이고
달리 어쩔 길도 없이 그저 덮어놓고 헤맬 뿐
억눌러 쳐부술 힘도 의지도 없어

어디를 어떻게 헤매며 방황하고 다녔는가
무슨 무슨 비판 검토 재인식?
히히 헛된 꿈과 있지도 않은 환(幻)에나 매어서는
흐흠 술까지 잊어버려 모두가 헛된 놀음일 뿐

어떤가 이 끝도 없는 큰 하늘을 보아라
이 속에 달랑 떠 있는 자그마한 점 하나야
이 지구가 무엇으로 자전을 하는지 알게 뭐야
자전(自轉) 공전(公轉) 반전(反轉)도 저들 멋대로인 것을

곳곳에서 지고의 힘을 느끼고
모든 나라에 모든 민족에게
똑같은 인간성을 발견하는
이 나는 이단자일 뿐인가

모두가 성경을 잘못 읽고들 있어
그렇지 않으면 상식도 지혜도 없어졌거나

본래의 즐거움을 막고 있거나 술도 못 마시게 하거나
그까짓 얼씨구 좋다고 무스타파 나는 그런 거 엄청 싫어

그 무렵 제게 술을 끊으라고 권하는 아가씨가 있었습니다.

"안 돼요. 매일 대낮부터 취해 계시잖아요."

바 건너편에 있는 작은 담배 가게의 열일곱, 열여덟 살쯤
되는 아가씨였습니다. 요시코라는 이름의, 하얀 피부에 덧
니가 있는 소녀였지요. 제가 담배를 사러 갈 때마다 웃으면
서 충고를 했습니다.

"왜 안 된다는 거지, 어째서 나쁘다는 거냐. 있는 대로 술
을 마시고 '인간의 자식이여, 증오를 지워라, 지워라, 지워
라'라고 옛날 페르시아의…… 아니다, 그만하자. '슬프고
지친 가슴에 희망을 가져오는 건 오직 취기를 불러오는 옥
잔뿐'이라고. 알겠니?"

"모르겠어요."

"이 녀석, 한번 입이나 맞춰줄까?"

"해보세요."

조금도 기죽지 않고 아랫입술을 쑥 내미는 것이었습니다.

"이 녀석, 바보구나. 정조 관념이……."

하지만 요시코의 표정에는, 확실하게 아직은 누구에게도
더럽혀지지 않은 처녀 분위기가 있었습니다.

해가 바뀌고 어느 추운 밤에, 저는 취중에 담배를 사러 나갔다가 그 담배 가게 앞의 맨홀에 떨어져 요시코, 살려 줘! 하고 소리쳤습니다. 요시코는 저를 끌어올려 오른팔에 난 상처까지 치료해주었는데 그때 요시코는 진지하게

"정말, 술을 너무 많이 마셔요" 하고 웃지도 않고 한마디 중얼거렸습니다.

저는 죽는 건 상관없지만, 다쳐서 피가 나고 불구가 되는 건 딱 질색이었기 때문에 요시코에게 팔의 상처를 치료받으며 술도 이제 그만 끊어야겠다고 생각했습니다.

"끊을게. 내일부터 한 방울도 안 마실 거야."

"정말요?"

"꼭 끊을게. 끊으면, 요시코, 나한테 시집올래?"

하지만 이건 그저 농담이었습니다.

"물로요."

'물로'라는 것은 '물론'의 줄임말이었습니다. 그 무렵에는 모보(모던 보이)라거나 모걸(모던 걸)같이 다양한 줄임말이 유행하고 있었습니다.

"좋아. 새끼손가락 걸자. 반드시 끊을게."

그러고도 그다음 날에 또 대낮부터 마셨습니다.

저녁녘에 다시 비틀비틀 밖으로 나가 요시코 가게 앞에 서서

"요시코 미안, 마셔버렸다."

"어머, 너무해요. 취한 척이나 하고."

조금 철렁했습니다. 술까지 깨는 기분이었습니다.

"아니, 정말이야. 정말 마셨어. 취한 척하고 있는 게 아니라니까."

"놀리지 말아요. 못됐어."

전혀 의심하려고 들지를 않는 겁니다.

"보면 알잖아. 오늘도 대낮부터 마셨어. 용서해줘."

"연기도 참 잘하네요."

"연기가 아니야. 이 바보 녀석. 키스해버린다."

"해봐요."

"아니, 나는 자격이 없지. 시집오는 것도 사양해야겠어. 내 얼굴을 봐, 빨갛지, 진짜 마셨다니까."

"그거야, 석양이 비쳐서 그렇죠. 아무리 취한 흉내를 내더라도 속을 것 같아요? 어림없지요. 바로 어제 약속을 했는데, 마셨을 리가 없잖아요. 손가락까지 걸었는데, 마셨다니, 거짓말, 거짓말, 거짓말."

어두침침한 가게 안에 앉아서 미소 짓고 있는 요시코의 하얀 얼굴, 아아, 때 묻지 않은 처녀의 순결은 고귀하다. 나는 지금까지 나보다 어린 처녀와 잠자리를 한 적이 없다. 결혼하자. 훗날 어떤 큰 슬픔이 찾아온다 해도 좋다. 거칠고 큰 기쁨을. 내 생에 단 한 번이라도 좋다. 처녀성의 아름다움이라는 것은 바보 같은 시인의 달콤한 감상적 환영에 지나지 않는다고 생각했는데, 역시 이 세상에 실제로 있는 것이구나. 결혼해서 봄이 되면 둘이서 자전거를 타고 아오바 폭포를 보러 가자, 하고 그 자리에서 결심하고 이른바 '한판 승부'로 그 꽃을 훔치는 데 주저하지 않았습니다.

우리는 마침내 결혼했고 그로 인해 얻게 된 기쁨은 그다지 엄청난 것은 아니었지만, 그 뒤에 이어서 찾아온 슬픔은 처참하다는 말 한마디로는 도저히 감당이 안 되는, 참으로 상상을 초월하는 거대한 형태로 닥쳐왔습니다. 저에게 '세상'은 역시 그 속을 알 수 없는 두려운 곳이었습니다. 결코 그런 한판 승부 같은 것으로 모든 것이 결정되는 듯한 만만한 곳이 아니었습니다.

2

호리키와 나.

서로 경멸하면서 어울려 놀고, 서로를 한심하게 만들어 가는 것이 이 세상의 이른바 '교우'라는 모습이라면, 저와 호리키의 관계도 분명 '교우'임에 틀림없었습니다.

저는 교바시 스탠드바 마담의 의협심에 의지해서(여자의

의협심이라니 표현이 기묘하지만 제 경험에 따르면 적어도 도시 남녀의 경우 남자보다 여자가 그 의협심이라고 할 법한 것을 더 많이 지니고 있었습니다. 남자는 대부분 겁쟁이에 체면만 차리고 게다가 쩨쩨했습니다) 그 담배 가게의 요시코를 내연의 아내로 맞이하고 쓰키지의 스미다강 근처, 목조로 된 2층짜리 작은 아파트의 1층에 방 하나를 빌려 둘이 살았습니다. 술은 끊고 슬슬 저의 정식 직업처럼 되어가던 만화 일에 열을 내며 저녁을 먹고는 둘이서 영화를 보러 나서기도 하고, 돌아오면서는 근처 찻집에도 들르고 또 꽃화분을 사기도 했습니다. 아니, 그보다도 저를 진심으로 믿어주는 이 어린 신부의 이야기에도 귀를 기울이고 그 동작 하나하나를 보는 것이 이 이상 즐거울 수도 없어, 어쩌면 저도 점점 인간다워져서 비참한 죽음을 맞이하지 않아도 되는 게 아닐까 하는 달콤한 생각을 가슴에 품기 시작하던 참에 호리키가 또다시 눈앞에 나타났습니다.

"어이, 색마! 어라? 뭔가 좀 깨달은 얼굴이 되었네. 오늘은 고엔지 여사님의 심부름꾼으로 왔어" 하고는, 갑자기 목소리를 낮추며, 차를 내올 준비를 하고 있는 요시코를 턱으로 가리키며 "괜찮아?" 하고 묻기에, "괜찮아, 뭐든지 얘기해도 돼" 하고 조용히 대답을 했습니다.

실제로 요시코는 신뢰의 천재라고 해도 좋을 정도로, 교바시 바 마담과의 사이는 물론이고 제가 가마쿠라에서 저지른 사건을 알려주어도 쓰네코와의 사이를 전혀 의심하지 않았는데, 그것은 제가 거짓말을 잘해서라기보다는 때로는 노골적인 표현을 써보기도 했지만 요시코에게는 그 모든 게 농담처럼 들리는 모양이었습니다.

"여전히 잘난 척하네. 뭐, 대단한 일은 아니고, 가끔 고엔지 쪽에도 놀러 오라는 전언이야."

잊을 만하면 그 괴물 새가 날개를 펄럭이며 찾아와 기억의 상처를 부리로 쪼아 찢어놓습니다. 대번에 지난날의 수치와 죄의 기억이 적나라하게 눈앞에 펼쳐지면서 악 하고 비명이라도 지르고 싶은 두려움으로 안절부절못하게 됩니다.

"한잔할래?" 하는 나,

"좋지" 하는 호리키.

나와 호리키, 모습은 둘이 비슷했습니다. 쌍둥이 같다는 느낌이 들 때도 있었습니다. 물론 여기저기 싸구려 술을 마시러 돌아다닐 때뿐이었지만, 어쨌든 둘이 얼굴을 마주하면 순식간에 같은 모습의 같은 털을 가진 개가 되어 눈 내리는 시내를 정신없이 뛰어다니게 됩니다.

이후, 우리는 다시 예전 같은 친구 사이를 되찾기라도 한 듯이 교바시의 그 작은 바에도 같이 가고 급기야는 만취한 두 마리의 개가 되어 고엔지에 있는 시즈코의 아파트까지 찾아가 하룻밤 자고 오기까지 했습니다.

잊히지도 않습니다. 저녁 해 질 무렵에 다 낡아빠진 유카타 차림의 호리키가 제 아파트로 찾아와 오늘 필요한 사정이 있어서 여름옷을 전당포에 맡겼는데 이 사실을 노모가 알게 되면 매우 난처해진다, 당장 옷을 찾고 싶으니 돈 좀 빌려달라는 것이었습니다. 마침 제게도 그만한 돈은 없어서 여느 때처럼 요시코에게 말해 요시코의 옷을 전당포에다가 맡기고 돈을 마련했습니다. 호리키에게 빌려주고도 조금 남길래 남은 돈으로 요시코에게 소주 몇 병을 사 오게 해서, 아파트 옥상에 올라 스미다강 쪽에서 이따금 희미하게 불어오는 시궁창 냄새가 나는 바람을 맞으며 그야말로 구질구질한 피서의 술자리를 벌였습니다.

저희는 그때 희극 명사, 비극 명사 맞추기 놀이를 시작했습니다. 이것은 제가 만들어낸 놀이로 명사에는 남성명사, 여성명사, 중성명사 등의 구별이 있지만, 그와 동시에 희극 명사, 비극 명사의 구별도 당연히 있어야 한다, 예를 들면 증기선과 기차는 둘 다 비극 명사이고 전차와 버스는 둘 다 희극 명사, 왜 그런지 이유를 모르는 자는 예술 이야기를 나눌 자격이 없다. 희극에 하나라도 비극 명사를 껴 넣는 극작가는, 그것만으로 이미 낙제다, 비극의 경우도 역시 마찬가지라는 식이었습니다.

"준비됐어? 담배는?"

제가 물었습니다.

"비극."

끝나자마자 호리키가 바로 대답했습니다.

"약은?"

"가루약이야? 알약이야?"

"주사약."

"비극."

"그럴까? 호르몬 주사도 있는데."

"아니, 비극이야. 일단 바늘부터가 훌륭한 비극이잖아."

"좋아, 그렇다고 치자. 하지만, 약이나 의사는 말야, 그게 의외로 희극이거든. 죽음은?"

"희극, 목사도 스님도 그렇고."

"잘하는데. 그리고 삶은 비극이겠지."

"아니, 그것도 희극."

"아니, 그러면 뭐든지 죄다 희극이 돼버려. 그럼 말이지, 하나 묻겠는데, 만화가는? 설마 희극이라고는 못 하겠지."

"비극, 비극, 대비극 명사!"

"뭐야, 대비극은 네 쪽이네."

이런 유치한 말장난이 되어버리면 시시해지지만 저희는 이 놀이가 일찍이 세상 어느 살롱에도 존재한 적 없는 대단히 우수한 유희라고 자부하고 있었습니다.

저는 이와 비슷한 놀이를 하나 더 만들었습니다. 그것은 반의어 맞추기였습니다. 흑의 반대는 백, 그러나 백의 반대는 적, 적의 반대는 흑.

"꽃의 반대는?" 하고 제가 묻자, 호리키는 입을 삐죽대며 생각하더니 대답했습니다.

"으음, 화월이라는 요릿집이 있었으니, 달이다."

"아니지, 그건 반대가 아니잖아. 오히려 동의어지. 별과 제비꽃도 동의어잖아. 반대가 아니야."

"알았어, 그러면 벌."

"벌?"

"모란에…… 개미인가?"

"뭐야, 그건 그림 주제잖아. 어물쩍 넘어가려고 하지 마."

"알았다! 꽃에 떼구름……."

"달에 떼구름이어야 맞겠지."

"맞다. 맞다. 꽃에는 바람, 바람이야. 꽃의 반대는 바람."

"엄청 못 하는군. 그건 나니와부시 가사잖아. 밑천이 드러나는데."

"아니, 비파다."

"더더욱 아니지. 꽃의 반대는 말이야…… 이 세상에서 가장 꽃답지 않은 거, 그런 것을 말해야지."

"그러니까 그…… 기다려봐, 뭐지, 여자인가."

"얘기가 나온 김에, 여자의 동의어는?"

"내장."

"너는 정말 시라는 걸 모르는구나. 그러면 내장의 반대는?"

"우유."

"이건 조금 멋지네, 그런 식으로 또 하나. 수치, 옹트[*]의 반대."

"철면피, 인기 만화가 조시 이키타."

"호리키 마사오는?"

이쯤부터 두 사람은 점점 웃지를 않고 소주에 취했을 때 특유의, 유리 파편이 머릿속에 꽉 찬 듯한 음울한 기분이 되어가고 있었습니다.

"건방진 소리 하지 마. 나는 아직 너처럼 포박당하는 치욕은 겪어본 적 없어."

흠칫했습니다. 호리키는 내심, 나를 제대로 된 인간으로 여기고 있지 않았구나, 나를 그저 죽지 못해 사는 철면피에 어리석은 괴물, 이를테면 '산송장'으로밖에 보지 않고, 그

---

[*] 옹트 : 수치의 프랑스어(honte)

리하여 자신의 쾌락을 위해서만, 나를 이용할 수 있는 만큼 이용하는 게 전부인 교우였구나, 라고 생각하니까 기분이 썩 좋지 않았습니다. 하지만 또 호리키가 저를 그렇게 보고 있는 것도 당연한 게, 나는 옛날부터 인간의 자격이 없는 아이였다. 호리키 같은 녀석에게조차 경멸받는 게 당연할지도 모른다고 생각을 고쳐먹고

"죄. 죄의 반대는 뭘까. 이건 어려워" 하고 아무렇지도 않은 표정으로 말했습니다.

"그야, 법이지."

호리키가 태연하게 그렇게 대답하기에 저는 호리키의 얼굴을 다시 쳐다보았습니다. 근처 빌딩의 깜빡이 네온사인의 붉은빛을 받아서, 호리키의 얼굴은 무서운 형사처럼 위엄이 있어 보였습니다. 저는 정말 어이가 없었습니다.

"죄라는 건, 그런 게 아니잖아."

죄의 반의어가 법이라니! 하지만, 세상 사람들은, 다들 그런 식으로 간단하게 생각하면서 점잔 빼며 살고 있는지도 모르겠습니다. 형사가 없는 곳에서야말로 죄가 득시글거리고 있다고 말입니다.

"그럼 뭔데, 하느님이냐? 너는 어딘가 예수쟁이 같은 구석이 있더라. 재수 없게."

"그렇게 가볍게 결론 짓지 말고. 조금 더 둘이서 생각해

보자. 아무튼지 이건 재미있는 주제잖아. 이 주제에 어떻게 대답하냐에 따라 그 사람의 모든 것을 알 수 있을 것만 같단 말이지."

"설마⋯⋯. 죄의 반대는 선(善)이다. 선량한 시민. 이를테면 나 같은 사람이지."

"농담은 그만둬, 하지만 선은 악의 반대지, 죄의 반대는 아니지."

"악과 죄는 다른가?"

"다르다고 생각해. 선악의 개념은 인간이 만들어낸 것이야. 인간이 제멋대로 만들어낸 도덕의 언어야."

"거 참 시끄럽네. 그렇다면, 역시, 하느님이겠네. 하느님, 신, 뭐든지. 하느님으로 해두면 틀림없어. 슬슬 배가 고프다."

"지금, 아래층에서 요시코가 누에콩을 삶고 있어."

"고맙군, 내가 좋아하는 건데."

두 손을 머리 뒤로 깍지를 끼고 하늘을 보며 벌러덩 누워버렸습니다.

"너는, 죄라는 것에는 전혀 흥미가 없는 것 같군."

"그야 그렇지. 너처럼 죄인은 아니니까. 나는 난봉꾼이기는 하지만 여자를 죽게 한다든지, 여자에게서 돈을 뜯어낸다든지, 하지는 않아."

죽게 하지 않았어, 돈도 뜯어내지 않았어, 라고 마음속

어딘가에서 희미하지만, 그러나 필사적으로 항의하는 소리가 치밀었습니다. 하지만 또다시, 아니, 내가 나쁜 거야, 하고 생각해버리고 마는 이 버릇.

저는 도저히 정면으로 맞서서 따지지 못하겠습니다. 소주의 음울한 취기 때문에 시시각각 기분이 험악해지려고 하는 것을 애써 억제하면서, 거의 혼잣말처럼 중얼거렸습니다.

"하지만 감옥에 들어가는 것만이 죄는 아니야. 죄의 반대를 알게 되면, 죄의 실체도 알 수 있을 것 같은데…… 하느님…… 구원…… 사랑…… 빛. 하지만, 하느님에게는 사탄이라는 반대가 있고 구원의 반대는 고뇌일 것이고 사랑에는 증오, 빛에는 어둠이라는 반대가 있고 선에는 악, 죄와 기도, 죄와 고백, 죄와…… 아아 전부 동의어다. 죄의 반대는 대체 뭘까?"

"죄(쓰미, つみ)의 반대는 꿀(미쓰, みつ)이다. 꿀처럼 달콤한 거, 야야 배고파. 뭐, 먹을 것 좀 가져와."

"네가 가져오면 되잖아!"

태어나서 처음이라고 해도 될 정도로 격렬한 분노를 섞어 냅다 소리 질렀습니다.

"좋아, 그럼 아래층에 가서 요시코와 둘이서 죄를 짓고 오지. 논쟁보다는 실제로 확인해보는 게 최고지. 죄의 반대는 꿀콩, 아니, 누에콩인가."

거의 혀가 제대로 돌아가지 않을 만큼 취해 있었습니다.

"맘대로 해. 어디로든 꺼져버려!"

"죄와 공복, 공복과 누에콩, 아니, 이건 동의어인가." 하고 헛소리를 중얼대며 일어났습니다.

죄와 벌. 도스토옙스키. 그 말이 순간 뇌리를 스치고 지나가자, 헉했습니다. 만일 저 도스토 씨가 죄와 벌을 동의어로 생각하지 않고 반의어로 붙여놓은 거라면? 죄와 벌, 절대로 상통하지 않는 것, 얼음과 숯처럼 서로 섞이지 않는 것. 죄와 벌을 반의어로 생각했던 도스토옙스키의 녹조, 썩은 연못, 어지럽게 얽힌 깊은 밑바닥의…… 아아, 이제 알 것 같다. 아니, 아직은…… 이렇게 머릿속에서 주마등이 빙글빙글 돌고 있을 때에,

"이봐! 엄청난 누에콩이야. 빨리 와봐!"

호리키의 목소리도 안색도 달라졌습니다. 호리키는 지금 막 비틀거리며 일어나 내려갔나 싶었는데 바로 다시 돌아왔습니다.

"뭐야."

이상하게 살기를 띤 채, 저희 둘은 옥상에서 2층으로 내려갔습니다. 그리고 2층에서 아래층 제 방으로 한 층 더 내려가는 계단 중간에서 호리키가 멈춰 서더니,

"봐!" 하고 속삭이면서 손가락으로 가리켰습니다.

제 방 위의 작은 창문이 열려 있어 그리로 방 안이 보였습니다. 환한 전깃불 아래 두 마리의 동물이 있었습니다.

저는 빙글빙글 눈앞이 돌면서 이 또한 인간의 모습이다, 이 또한 인간의 모습이다, 놀랄 일은 아니다, 하고 거친 호흡과 함께 마음속으로 중얼거리며 요시코를 구해야 한다는 사실도 잊은 채 그저 계단에 우뚝 서 있었습니다.

호리키는 크게 헛기침부터 한 번 했습니다. 혼자서 도망치듯이 다시 옥상으로 달려 올라가, 그대로 벌렁 드러누워 비를 머금은 여름의 밤하늘을 올려다보았습니다. 그때 저를 엄습해온 감정은 분노도 아니고 혐오도 아니고 또 슬픔도 아니고 엄청난 공포였습니다. 그것도, 묘지의 유령 따위에 대한 공포가 아니라 신사의 삼나무 숲에서 흰 옷차림의 신령을 마주했을 때 느낄 법한, 그저 말문이 막혀버리는 고대의 난폭하고 거친 공포감이었습니다. 제 흰머리는 그날 밤부터 생기기 시작했고 저는 점점 모든 일에 자신이 없어지고, 점점 사람을 끝없이 의심하게 되었으며 삶에 대한 그 어떤 기대, 기쁨, 공감으로부터 영원히 멀어지게 되었습니다. 그 일은 실로 제 생에 결정적인 사건이었습니다. 저는 이마 한가운데서부터 미간이 쪼개졌고 그 후로도 그 상처는, 어떤 인간이든지 가까이할 때마다 욱신거리며 아파왔습니다.

"동정은 하지만, 너도 이 일로 조금은 깨달았겠지. 이제 나는 두 번 다시 이곳에는 안 오겠어. 마치 지옥같군……. 그래도 요시코는 용서해줘라. 너도 어차피 제대로 된 놈은 못 됐었으니까. 자, 이만 갈게."

거북한 장소에 오래 머물 만큼 호리키는 멍청하지 않았습니다.

저는 일어나 앉아서 혼자 소주를 마시고, 그때부터 엉엉 소리 내어 울었습니다. 끝도 없이, 끝도 없이 눈물이 흘렀습니다.

어느새 등 뒤에는, 누에콩을 가득 담은 접시를 든 요시코가 우두커니 서 있었습니다.

"아무 짓도 안 한다고 했는데……."

"됐어, 아무 말도 하지 마. 너는, 사람을 의심하는 법을 몰랐던 거야. 여기 앉아. 콩이나 먹자."

나란히 앉아서 콩을 먹었습니다. 아아, 신뢰는 죄인 건가. 상대 남자는, 제게 만화를 그려달라고 하고 몇 푼 안 되는 돈을 거드름 피우며 두고 가는 서른 살 전후의 무지하고 왜소한 장사꾼이었습니다.

그 장사꾼은 그 뒤로 찾아오지 않았으나 저는 무슨 까닭 에선가 그 장사꾼에 대한 증오보다도 처음 그걸 발견했을 때 바로 그 자리에서 헛기침이든 뭐든 아무것도 하지 않고 제게 알리기 위해 다시 옥상으로 되돌아왔던 호리키에 대한 증오와 분노가 잠들지 못하는 밤마다 치밀어 올라와 끙끙대곤 했습니다.

용서하고 말 것도 없습니다. 요시코는 신뢰의 천재입니다. 사람 의심할 줄을 몰랐던 것이지요. 하지만, 그로 말미암은 비참함.

하느님에게 묻습니다. 신뢰는 죄가 됩니까?

요시코가 더럽혀졌다는 일보다도, 요시코의 신뢰가 더럽혀졌다는 일이 제게는 그 후 오랫동안 살아갈 수 없을 정도로 고뇌의 씨앗이 되었습니다. 저같이 추접한 겁쟁이에 남의 안색만 살피고 남을 믿는 능력에 금이 가버린 놈에게 저 요시코의 때 묻지 않은 맑은 신뢰심은, 그야말로 아오바 폭포처럼 청량하게만 느껴졌습니다. 그것이 하룻밤 사이에 누런 구정물로 변해버렸습니다. 보세요, 요시코는 그날 밤 제 표정 하나하나에까지 신경을 쓰게 되었습니다.

"이봐" 하고 부르면 흠칫 놀라면서, 시선을 어디에 두어야 할지 몰라 곤혹스러워 합니다. 웃겨보려고 재미있는 얘기를 아무리 해봐도, 불안해하고 벌벌 떨다가 제게 존댓말까지 쓰게 되었습니다.

정녕, 때 묻지 않은 신뢰심은 죄의 원천입니까.

저는 유부녀가 겁탈당한 이야기를 다룬 책을 이것저것 찾아서 읽어보았습니다. 하지만 요시코만큼 비참하게 당한 여자는 단 한 사람도 없었습니다. 애당초 이것은 말도 안 되는 이야기입니다. 그 왜소한 장사꾼과 요시코 사이에 눈 꼽만큼이라도 연정 비슷한 것이나마 있었더라면, 차라리 제 마음이 편했을지도 모릅니다. 단지 여름 어느 날 밤 요시코가 사람을 믿었다는 것, 그게 전부인데 그로 인해 저의 미간은 박살 나고, 목은 잠기고 흰머리가 생기기 시작했으며 요시코는 평생 불안에 떨어야만 했습니다. 대부분의 이야기는 아내의 그 '행위'를 남편이 용서했는지 어떤지에 중점을 두고 있는 것 같았는데, 제가 볼 때 그건 그다지 크게 괴로운 문제는 아니라고 생각했습니다. 용서를 하네 마네, 그런 권리를 가지고 있는 남편이야말로 행복한 게 아닌가. 소란 피울 것 없이 바로 아내와 헤어지고 새 아내를 맞이하면 될 일이고, 그걸 못 하겠으면 이른바 '용서'하고 참으면 될 일이다. 어느 쪽이든 남편 마음 먹기에 따라 모든 방향으로 원만히 해결될 거라는 생각마저 들었습니다. 그러한 사건은 분명 남편에게는 큰 충격이긴 하지만 그건 '충격'일 뿐, 언제까지고 끝도 없이 밀려갔다 밀려오는 파도와는 달라서 권리를 가진 남편의 분노로 어떻게든 처리가 가능한 문제라는 생각이 들었습니다. 하지만 저희의 경우는 남편에게 아무런 권리도 없고, 생각해보면 모든 것이 제 잘못인 것만 같아서 화를 내기는커녕 한마디 하지 못했고, 또 아내는 보기 드문 좋은 성품 때문에 화를 당했습니다. 심지어 그 좋은 성품은 남편이 전부터 동경해온 때 묻지 않은 신뢰심이라는, 너무나도 가련한 것이었습니다.

때 묻지 않은 신뢰심은 죄입니까?

유일한 믿음이었던 미덕에까지 의혹을 품게 된 저는 이제는 뭐가 뭔지 도무지 알 수가 없게 되었고, 기댈 곳은 오직 술뿐이었습니다. 제 얼굴은 극도로 천박하게 변해갔습니다. 아침부터 소주를 퍼마시고, 이는 흐물흐물 빠졌으며 만화도 거의 외설스러운 그림 같은 것만 그리게 되었습니다. 아니, 확실하게 말하겠습니다. 저는 그 무렵부터 춘화를 베껴 밀매를 하고 있었습니다. 소주를 살 돈이 필요했지요. 언제나 제 시선을 피해 안절부절못하는 요시코를 보면 이 녀석은 전혀 경계를 모르는 여자인데 그 장사꾼 놈과의 일이 한 번뿐이었을까? 호리키와는? 아니, 어쩌면 내가 모르는 사람과도? 하고 의혹은 의혹을 낳았습니다. 그렇다고 대놓고 직접 물어볼 용기도 없어 내내 불안과 공포에만 시달리며 그저 술을 마시고는, 취해서 겨우 비굴한 유도신문 같은 걸 벌벌 떨며 시도해보고 속으로는 어리석게 일희일비하면서 겉으로는 무턱대고 광대 짓을 하다가 요시코에게

역겨운 지옥의 애무를 하고는 잠에 곯아떨어졌습니다.

그해 말, 밤늦게 고주망태가 되어 집에 돌아온 저는 설탕물이 마시고 싶었습니다. 요시코가 자고 있는 것 같아서 직접 부엌으로 들어가 설탕 단지를 찾아 뚜껑을 열어보았더니 설탕은 없고 검고 기다란 종이 상자 하나가 들어 있었습니다. 별 생각 없이 그걸 꺼냈다가 그 상자에 붙어 있는 라벨을 보고는 경악했습니다. 라벨은 손톱으로 반 이상 벗겨져 있었는데 영어 글씨의 부분은 남아 있었고, 거기에 확실히 적혀 있었습니다. DIAL.

디알. 저는 그 무렵 항상 소주만 마셔댔기에 수면제를 복용하지는 않았지만, 불면은 저의 지병 같은 것이어서 수면제에 관해선 잘 알고 있었습니다. 이 디알 한 상자는 분명 치사량 이상입니다. 그것도 라벨까지 뜯어서 숨겨놨을 게 틀림없습니다. 가엾게도, 그 아이는 라벨의 영어를 못 읽으니까 손톱으로 반쯤 벗겨내고는 이제는 됐다고 생각했을 터이지요. (너에게는 죄가 없다.)

저는 소리 나지 않도록 가만히 컵에 물을 따르고, 천천히 상자 뚜껑을 열어 단숨에 전부 입안에 털어 넣고 컵의 물을 침착하게 다 마시고는 전등을 끄고 그대로 잠자리에 들었습니다.

사흘 밤낮을 저는 죽은 듯이 누워 있었다고 합니다. 의사는 과실로 보고 경찰에 신고하는 것을 유예해주었습니다.

정신이 깨기 시작하자 제일 먼저 중얼거린 헛소리는, 집에 돌아갈래, 였다고 합니다. 집이라는 곳이 어디를 가리키는 것인지는 당사자인 저도 잘 모르겠습니다만, 아무튼 그렇게 말하고 엄청 울었다고 합니다.

차츰 안개 걷히듯이 정신이 들어서 눈을 떠보니 머리맡에 넙치가 몹시 안 좋은 얼굴로 앉아 있었습니다.

"지난번에도 연말이었지, 모두가 눈이 핑핑 돌 정도로 정신없이 바쁘던 판국이었는데. 이렇게 해마다 연말을 노리듯이 이런 일을 저질러서야, 제 명이 줄어드는 기분입니다."

넙치의 말을 듣고 있는 사람은 교바시 바의 마담이었습니다.

"마담" 하고 제가 불렀습니다.

"응, 그래. 정신이 들어?"

마담은 그 웃는 얼굴을 제 머리 위로 덮듯이 하고는 말했습니다.

저는 눈물을 뚝뚝 흘렸습니다.

"요시코와 헤어지게 해줘."

저로서도 생각지 못했던 말이 나왔습니다.

마담도 몸을 일으키더니 살짝 한숨을 내쉬었습니다.

그리고 저는, 이 또한 생각지 못했던 말로, 웃기려고 했던 건지 멍청해서 그런 건지 형용하기 어려운 실언을 했습니다.

"나는 여자가 없는 곳으로 가겠어."

우하하하하, 하고 먼저 넙치가 큰 소리를 내어 웃자 마담도 쿡쿡 웃었고, 저는 눈물을 흘리면서 얼굴을 붉힌 채 쓸쓸히 웃었습니다.

"그래, 그러는 편이 좋겠네" 하고 넙치는 계속 낄낄 웃으며 말했습니다.

"여자가 없는 곳에 가는 게 좋겠네. 여자가 있으면 아무래도 안 되겠죠. 여자가 없는 곳이라, 아주 좋은 생각입니다."

여자가 없는 곳. 저의 이 멍청한 헛소리는 나중에 아주 비참한 모습으로 실현되었습니다.

요시코는, 제가 요시코 대신 음독을 했다고 생각하는 듯, 전보다도 저를 더 조심히 대했고, 제가 무슨 소리를 해도 웃지도 않고, 말 한마디 제대로 하지 못했습니다. 저도 아파트 방 안에만 있는 것이 답답해서, 계속 밖으로 나돌면서 다시 싸구려 술을 퍼마시게 되었습니다. 하지만 그 디알 사건 이후 제 몸은 눈에 띄게 여위고 팔다리에 힘이 빠져 만화 일도 게을러졌습니다. 넙치가 그때, 문병 왔을 적에 놓고 간 돈(넙치는 제 마음입니다, 라며 그걸 본인 돈인 것처럼 건넸지만 이것도 고향 형님들이 보낸 돈인 것 같았습니다. 넙치 집에서 가출했을 때와는 달리 그 무렵에는 넙치의 그런 점잔 빼는 연기를 어렴풋이나마 간파할 수 있게 되어서 저도 능청스럽게 눈치 못 챈 척하며 순순히 넙치에게 감사 인사를 했습니다. 하지만 넙치와 형들이 어째서 이런 까다로운 수작을 부리는지 알 것도 같고 모를 것도 같고, 저로서는 도무지 이해하기 힘들고 이상하게만 보였습니다), 그 돈으로 큰맘 먹고 혼자서 미나미이즈의 온천에 가보기도 했습니다. 하지만 그렇게 느긋하게 온천 여행을 할 만한 성격도 아니고, 요시코를 생각하면 견딜 수 없이 외로워져서 숙소 방에서 산이나 바라보는 그런 차분한 심경과는 거리가 멀었습니다. 여관에서 주는 옷으로도 갈아입지 않고 온천에도 들어가지 않고, 밖으로 뛰쳐나가 지저분한 찻집에 들어가 소주를 그야말로 뒤집어쓸 정도로 마셔서 몸만 더 망가뜨리고 도쿄로 돌아왔을 뿐입니다.

도쿄에 큰 눈이 내린 어느 날 밤이었습니다. 저는 술에 취해서 긴자 뒷골목을 '이곳은 고향에서 몇백 리, 이곳은 고향에서 몇백 리' 하고 작은 목소리로 되풀이하며 중얼거리듯이 노래하면서, 계속해서 쌓이는 눈을 구두 끝으로 걷어차면서 걷다가, 돌연히 토했습니다. 그것이 저의 최초의 각혈이었습니다. 눈더미 위에 커다란 일장기가 그려졌습니다. 저는 잠시 엎드려서, 더럽혀지지 않은 눈을 두 손으로 움켜쥐고는 얼굴을 씻고 울었습니다.

여어기는 어어느 곳의 골목길이냐.

여어기는 어어느 곳의 골목길이냐.

가엾은 여자아이의 노랫소리가 환청처럼 희미하게 멀리서 들려옵니다. 불행. 이 세상에는 온갖 불행한 사람들이, 아니, 불행한 사람들만 있다고 해도 과언이 아니겠지만 그들의 불행은 이른바 '세상'에 당당하게 항의를 할 수 있고, '세상'도 그들의 항의를 쉽게 이해해주고 동정합니다. 그러나 저의 불행은 모두 저의 죄악에서 비롯된 것이므로 누구에게도 항의할 수 없고, 우물거리며 한 마디라도 항의 비슷한 말을 하려고 들면 넙치뿐만 아니라 세상의 모든 사람이, 뻔뻔한 말을 잘도 하는구나, 하며 어이없어 할 게 틀림없습니다. 저는 흔히 말하는 '제멋대로 구는 사람'인 건지 아니면 반대로 심약한 사람인 건지 저도 잘 모르겠지만, 어쨌든 죄악의 덩어리인 듯해서 끝없이 불행해지기만 할 뿐 막아낼 구체적인 대책이 없습니다.

저는 일어서서, 일단은 적당한 약부터 구해야 할 것 같아서 근처 약국으로 갔습니다. 약국의 여주인과 얼굴을 마주한 순간, 부인은 플래시 세례라도 받은 듯 고개를 들고 눈을 크게 뜨더니 우뚝 섰습니다. 하지만, 크게 뜬 눈에는 경악하는 기색도 혐오하는 기색도 없이 거의 구원을 바라는 듯한, 그리워하는 듯한 기색이었습니다. 아아, 이 사람도 분명히 불행한 사람이다. 불행한 사람은 타인의 불행에도 민감한 법이지, 라고 생각했을 때, 문득 부인이 목발을 짚고 위태롭게 서 있다는 것을 알아차렸습니다. 달려가 부축해주고 싶은 마음을 겨우 억누르고, 계속 그 부인과 얼굴을 마주하고 있는 동안에 눈물이 흘렀습니다. 그러자, 부인의 큰 눈에서도 눈물이 주륵주륵 흘러넘쳤습니다.

　한마디도 하지 못 한 채 저는 약국에서 나와 비틀거리며 아파트로 돌아와서, 요시코에게 소금물을 타달래서 마신 뒤 조용히 잠자리에 들었고 이튿날도 감기 기운이 있다고 거짓말을 하고 하루 종일 잤습니다. 밤이 되자 저의 비밀스러운 각혈이 아무래도 불안해서, 자리에서 일어나 다시 그 약국으로 가서 이번에는 웃으면서 부인에게 솔직하게 있는 그대로 지금의 몸 상태를 털어놓고 상담을 했습니다.

　"술을 그만 마셔야 하겠군요."

　우리는 마치 가족 같았습니다.

　"알코올 중독인지도 모르겠습니다. 지금도 마시고 싶어요."

　"안 돼요. 제 남편도 폐결핵이면서 술로 균을 죽이겠다고 늘 술만 마시면서 스스로 명을 재촉했어요."

　"불안해서 미칠 것 같습니다. 무서워서, 견딜 수가 없어요."

　"약을 처방해 드리지요. 술은 꼭 끊으세요."

　부인(미망인으로, 아들이 하나 있는데 지바인지 어딘지

의대에 들어간 지 얼마 안 되어 아버지와 똑같은 병에 걸려서 휴학, 입원 중이고 집에는 중풍에 걸린 시아버지가 누워 있으며, 그녀 자신은 다섯 살 때 겪은 소아마비로 한쪽 다리를 전혀 쓸 수 없었습니다)은 탁탁 목발을 짚어가며 저를 위해 저쪽 선반, 이쪽 서랍에서 여러 가지 약품을 찾아다 챙겨주었습니다.

이것은 조혈제.

이것은 비타민 주사액. 주사기는 이것.

이것은 칼슘 알약. 위장이 상하지 않도록 디아스타아제.

이것은 무엇, 이것은 또 무엇, 하고 대여섯 종류의 약품을 다정스럽게 설명해주었지만 이 불행한 부인의 애정 또한 제게는 지나치게 깊었습니다. 마지막으로 부인이 이건 못 견디게 참을 수 없을 정도로 술을 마시고 싶을 때 먹는 약, 이라고 하면서 빠르게 종이에 싸준 작은 상자 하나.

모르핀 주사액이었습니다.

술보다는 해가 되지 않을 거라고 부인도 말했고, 저도 그걸 믿었습니다. 그리고 또 한편으로는 술에 취하는 것이 불결하게 느껴지던 참이어서, 오랜만에 알코올이라는 사탄에게서 벗어날 수 있다는 기쁨으로 차올라 전혀 주저하지 않고 제 팔에 그 모르핀 주사를 놓았습니다. 불안도, 초조도, 부끄러움도 깨끗이 사라지고, 저는 아주 명랑한 달변가가 되었습니다. 그리고 그 주사를 맞으면 저는 제 몸이 몹시 쇠약하다는 것마저 잊어버리고, 만화 일에도 열을 내며 제가 그리면서도 웃음이 터져 나올 정도로 기발한 생각들이 생겨나는 것이었습니다.

하루에 한 대만 맞으려고 했던 것이 두 대가 되고 또 네 대가 되었을 때, 저는 이미 그것이 없으면 일을 할 수 없게 되었습니다.

"안 돼요. 중독되어버리면 정말 큰일 나요."

약국 부인에게 그런 말을 듣자, 저는 이미 심각한 중독환자가 된 듯한 기분이 들어서(저는 남의 암시에 쉽게 잘 걸리는 성격입니다. 이 돈은 쓰면 안 돼, 라고 말해놓고 하긴 네가 그럴 리 없겠지만, 같은 말을 덧붙이면, 왠지 돈을 쓰지 않으면 안 될 것 같은, 기대를 저버리는 것 같은 이상한 착각이 들면서 곧장 그 돈을 써버립니다) 중독에 대한 불안 때문에 오히려 약을 더 많이 구하게 되었습니다.

"부탁해요. 딱 한 상자만 더. 계산은 월말에 꼭 하겠습니다."

"계산이야, 언제든 무방하지만, 경찰 쪽이 귀찮아지거든요."

아, 늘 제 주위에는, 뭔가 탁하고 어둡고 어딘가 수상한 음지인의 기운이 따라다닙니다.

"그걸 어떻게든 잘 좀 얼버무려주세요. 부탁이에요. 부인. 키스해드릴게요."

부인은 얼굴을 붉힙니다.

저는 기회를 틈타 더욱 고집을 피우며,

"그 약이 없으면 일을 전혀 할 수가 없어요. 제게는 강장제 같은 겁니다."

"그럼 차라리 호르몬 주사가 좋겠네요."

"바보 취급하지 마세요. 술이든 아니면 그 약이든, 둘 중 하나가 없으면 일을 할 수 없다고요."

"술은 안 돼요."

"그렇죠? 저는요, 그 약을 사용하게 되면서 술은 단 한 방울도 마시지 않았어요. 덕분에 몸은 엄청 좋아졌어요. 저라고 언제까지 이런 거지 같은 만화나 그릴 생각은 없어요. 이제부터는 술을 끊고, 몸을 회복하고 공부를 더 해서 반드시 훌륭한 화가가 되어 보일 겁니다. 지금이 중요한 시기예요. 그러니 제발 부탁해요. 키스해드릴까요?"

부인은 웃음을 터뜨렸습니다.

"곤란하네. 중독돼도 몰라요."

그러고는 탁탁 목발 소리를 내면서 그 약품을 선반에서 꺼냈습니다.

"한 상자는 못 줘요. 금방 다 써버리니까. 반 상자만 줄게요."

"인색하시군, 뭐 어쩔 수 없죠."

집에 돌아오자마자 곧장 주사 한 대를 놓았습니다.

"아프지는 않나요?"

요시코가 우물쭈물하며 제게 물었습니다.

"그야 아프지. 하지만 작업 능률을 올리려면 아프더라도, 싫어도 할 수 없어. 나 요새 엄청 건강하지? 자아, 일이다, 일, 일, 일."

저는 들떠서 답했습니다.

한밤중에, 약국 문을 두드린 일도 있었습니다. 잠옷 바람으로 탁탁 목발 짚고 나온 부인을 갑자기 끌어안고 입을 맞추며 우는 시늉을 했습니다.

부인은 말없이 제게 한 상자를 건넸습니다.

그 약은 소주와 매한가지로, 아니, 그 이상으로 끔찍하고 불결한 것이라고 절절히 깨달았을 때 이미 저는 완전한 중독환자가 되어 있었습니다. 참으로 철면피의 극치였습니다. 저는 그 약을 구하기 위해 다시 춘화를 모사하기 시작했고 불구인 그 약국 부인과도 문자 그대로 추잡한 관계까지 맺었습니다.

죽고 싶다, 차라리 죽고 싶다, 이젠 돌이킬 수 없다. 어떤 일을 하더라도 무슨 짓을 하더라도 엉망진창이 될 뿐이다, 창피만 당할 뿐이다. 자전거를 타고 아오바 폭포라니, 나는 바랄 수조차 없는 일이다. 단지 추잡한 죄에 한심한 죄까지 겹쳐 고뇌만 점점 커져 강렬해질 뿐이다, 죽고 싶다, 죽어야만 한다, 살아 있는 것 자체가 죄의 씨앗일 뿐이다, 라고 생각하면서도 집과 약국 사이를 반미치광이 꼴로 왔다 갔다 할 뿐이었습니다.

아무리 일을 해도 약의 사용량은 늘어나기만 해서 빌린 약값도 어마어마하게 불어났습니다. 부인은 제 얼굴을 보면 눈물을 글썽였고, 저도 눈물을 흘렸습니다. 지옥.

이 지옥에서 벗어나기 위한 마지막 수단, 이것마저 실패한다면, 그다음에는 목을 맬 수밖에 없다. 하느님의 존재를 걸고 내기를 할 정도의 결의로 저는 고향의 아버지 앞으로 긴 편지를 써서, 제 사정을 전부(그래도 여자 문제는 차마 쓸 수 없었습니다) 고백하기로 했습니다.

하지만 결과는 한층 나빠져서, 아무리 목이 빠지게 기다려도 답장은 오지 않았고 저는 초조함과 불안함으로 오히려 약의 사용량만 늘리게 되었습니다.

주사 열 대를 한꺼번에 맞고 큰 강에 뛰어들어 버리자고 남몰래 각오를 다진 그날 오후, 넙치가 악마적인 감으로 무슨 냄새라도 맡았는지 호리키를 데리고 나타났습니다.

"너, 각혈했다면서."

호리키는 제 앞에 책상다리를 하고 앉아서 그렇게 말하며 지금까지 한 번도 본 적 없는 다정한 미소를 지었습니다. 그 다정한 미소가 고맙고 기뻐서 저는 그만 고개를 돌리고 울어버렸습니다. 그의 그 다정한 미소 하나에, 저는 완전히 부서지고 매장되어버렸습니다.

저는 자동차에 태워졌습니다. 어쨌든 입원을 해야만 합니다, 뒷일은 우리에게 맡기세요, 라며 넙치도 차분한 말투로(그건 자비롭다고 표현해도 좋을 만큼 매우 조용한 말투였습니다) 제게 권했고, 저는 의지도 판단도 아무것도 없는 사람처럼 그저 훌쩍훌쩍 울면서 두 사람이 시키는 대로 순순히 따랐습니다. 요시코까지 포함해서 우리 네 사람은 꽤 오래 자동차를 타고 가다 주변이 어두워질 무렵에야 숲속에 있는 큰 병원 현관에 이르렀습니다.

결핵 요양소인 줄로만 알았습니다.

저는 젊은 의사의 굉장히 상냥하고 정중한 진찰을 받았고, 의사는,

"뭐, 당분간 여기서 요양하시죠" 하고, 마치 수줍은 것처럼 웃으며 말했습니다. 넙치와 호리키와 요시코는 저만 홀로 남겨두고 돌아가기로 했는데, 요시코는 갈아입을 옷이 담겨 있는 보따리를 제게 건네고는 말없이 오비 틈에서 주사기와 남아 있던 그 약을 꺼내 내밀었습니다. 역시 강장제라고만 알고 있었던 듯합니다.

"아니, 이제는 필요 없어."

정말 드문 일이었습니다. 누군가가 권하는 것을 거부하는

일은 제 평생에 그때가 유일했다고 해도 과언이 아닙니다. 저의 불행은 거부 능력이 없는 자의 불행이었습니다. 권하는 걸 거부하면 상대의 마음에도 제 마음에도 영원히 메울 수 없는 균열이 생길 것 같은 공포에 시달렸던 것입니다. 하지만 저는 그때에, 그토록 반미치광이가 되어 갈구했던 모르핀을 너무나 자연스럽게 거부했습니다. 요시코의 이를테면 '하느님과 같은 무지'에 충격을 받았던 걸까요? 저는 그 순간, 더 이상 중독자가 아니게 되었던 건 아닐까요?

하지만, 저는 그러고 나서 곧장 그 수줍은 듯한 미소를 짓던 젊은 의사의 안내로 어느 병동에 들어갔고, 철커덕 하고 자물쇠가 채워졌습니다. 정신병원이었습니다.

여자 없는 곳에 가겠다던, 디알을 삼켰다가 깨어났을 때 제가 했던 어리석은 헛소리가 참으로 기묘하게 실현된 셈입니다. 그 병동에는 남자 미치광이들뿐이고 간호인도 남자여서 여자는 한 사람도 없었습니다.

이제 저는 죄인이 아니라 미치광이가 되었습니다. 아니, 저는 결코 미치지 않았습니다. 단 한순간도 미쳤던 적이 없습니다. 하지만, 아아, 미친 사람들은 대부분이 그렇게 말한다고 합니다. 즉, 이 병원에 갇힌 자는 미치광이, 갇히지 않은 자는 정상인이라는 것입니다.

하느님에게 묻습니다, 무저항은 죄인가요?

호리키의 그 신기하게 아름다운 미소에 저는 울어버렸고, 판단도 저항도 잊은 채 차에 태워져 이곳에 끌려와 미치광이가 되었습니다. 언젠가 이곳에서 나가더라도 저는 역시 미치광이, 아니 폐인이라는 낙인이 이마에 찍히게 되겠지요.

인간, 실격.

바야흐로 저는 완전히, 인간이 아니게 되었습니다.

이곳에 왔을 때는 초여름 무렵으로 쇠창살이 달린 창 너머 병원 정원의 작은 못에 붉은 수련이 피어 있는 것이 보였는데, 그로부터 3개월이 지나 그 정원에 코스모스가 피기 시작할 무렵 뜻밖에도 고향의 큰형이 넙치를 대동하고 저를 데리러 왔습니다. 아버지가 지난달 말에 위궤양으로 돌아가셨다, 우리는 더 이상 너의 지난날을 문제 삼지 않겠다, 먹고살 걱정도 안 하게 하겠다, 아무 일도 안 해도 괜찮다, 그 대신에, 여러 가지 미련도 있겠지만, 곧장 이 도쿄를 떠나 시골에서 요양 생활을 시작해라, 네가 도쿄에서 저지른 일의 뒤처리는 대부분 시부타가 처리했을 테니 그 걱정은 안 해도 된다, 하고 언제나 그랬듯 진지하고 경직된 말투로 말했습니다.

고향의 산과 강이 눈앞에 보이는 듯하여 저는 가만히 고개를 끄덕였습니다.

그야말로 폐인.

아버지가 돌아가셨다는 걸 알고부터 저는 점점 얼빠진 인간이 되어갔습니다. 이제 아버지가 없다, 제 가슴속에서 한순간도 떠나지 않았던 그 그립고도 무서운 존재는 이제 없다. 제 고뇌의 항아리가 통째로 텅 비어버린 것 같았습니다. 제 고뇌의 항아리가 유난히 무거웠던 것도, 다 아버지 탓이 아니었을까 하는 생각까지 들었습니다. 맥이 풀렸습니다. 고뇌할 능력조차 잃었습니다.

큰형은 제게 한 약속을 정확히 실행해주었습니다. 제가 태어나고 자란 마을에서 기차로 네댓 시간 남쪽으로 내려간 곳에 도호쿠에서는 드물게 따뜻한 바닷가 온천지가 있는데, 그 마을 변두리에 방이 다섯 개나 있지만 상당히 오래된 집인 듯 벽은 헐어서 떨어지고 기둥은 벌레 먹어 거의 수리할 수도 없을 정도로 낡은 집을 사주고, 예순에 가까운 머리카락이 빨갛고 못생긴 식모 하나를 붙여주었습니다.

그로부터 3년 남짓이 흘렀습니다. 저는 그 데쓰라는 식모에게 여러 번 이상한 짓을 당했고, 더러는 부부 싸움 같은 것도 하며 가슴의 병은 일진일퇴, 살이 쪘다 빠졌다 하고 혈담이 나오기도 했습니다. 어제는 데쓰에게 칼모틴을 사오라고 마을 약국에 심부름을 보냈더니 평소와는 조금 다른 모양의 상자에 든 칼모틴을 사왔습니다. 저는 별로 신경 쓰지 않고 자기 전에 열 알을 한 번에 먹었는데 전혀 잠이 오지 않아서 이상하다, 생각하고 있던 차에 배가 아파서 급하게 변소로 가니 심한 설사가 나왔고, 그 뒤로 연달아 세 번이나 변소에 갔습니다. 그러고 나서 아무래도 이상해서 약 상자를 자세히 들여다보았더니 그것은 헤노모틴이라는 설사약이었습니다.

저는 천장을 보고 벌렁 누운 채 배 위에다 유탄포*를 얹으며 데쓰에게 한마디 해야겠다고 생각했습니다.

"이건, 칼모틴이 아니야. 헤노모틴이라고."

그렇게 말하다가 흐흐흐 하고 웃고 말았습니다. '폐인'은 아무래도 희극 명사 같습니다. 잠을 자려고 설사약을 먹고, 게다가 그 설사약의 이름도 헤노모틴.

지금 저는 행복하지도 불행하지도 않습니다.

그저 모든 것은 지나갑니다.

제가 이른바 '인간' 세상에서 단 하나, 진리처럼 생각되는 것은, 그것뿐이었습니다.

그저 모든 것은 지나갑니다.

저는 올해 스물일곱 살이 됩니다. 흰머리가 눈에 띄게 늘

---

* 유탄포 : 따뜻한 보온 물주머니

어서, 대부분의 사람들은 마흔이 넘은 나이로 봅니다.

후기

이 수기를 쓴 광인을 나는 직접 알지는 못한다. 하지만, 이 수기에 나오는 교바시의 스탠드바 마담으로 짐작되는 인물은 조금 알고 있다. 자그마한 몸집에 안색이 안 좋고 눈매는 가늘게 위로 올라가 있으며 코가 높은, 미인이라기보다는 미청년이라고 하는 편이 어울릴 정도로 단단한 느낌의 사람이었다. 이 수기에는 아무래도 1930년부터 1932년까지의 도쿄 풍경이 주로 그려져 있는 것 같은데, 내가 그 교바시의 스탠드바에 친구를 따라 두어 번 들러서 하이볼 등을 마신 것은 일본 '군부'가 슬슬 노골적으로 날뛰기 시작했던 1935년 전후의 일이었으니까, 이 수기를 쓴 사내와 만나지는 못했다.

그런데 올해 2월, 나는 지바현 후나바시에 피난 가 있는 한 친구를 찾아갔다. 그 친구는 내 대학 시절의 학우로, 지금은 모 여자대학의 강사로 있는데, 실은 이 친구에게 집안 사람의 혼담을 부탁한 게 있어서 그 일도 볼 겸, 겸사겸사 신선한 해산물이라도 사서 우리 식구들을 먹일까 해서 배낭을 메고 후나바시에 갔던 것이다.

후나바시는 흙탕물 같은 바다를 끼고 있는 제법 큰 도시였다. 새로운 주민인 친구의 집은, 그 지역 사람들에게 주소지를 물어봐도 좀처럼 아는 이가 없었다. 춥기도 하고 배낭을 멘 어깨가 아파와서 나는 레코드의 바이올린 소리에 이끌려 한 찻집으로 들어갔다.

그곳의 마담이 조금 낯이 익어 물어보니까, 바로 10년 전 그 교바시의 작은 바에 있던 마담이었다. 마담도 나를 금방 기억해냈는지 서로 과장되게 놀라고 웃으며 이런 시기에 으레 그러하듯 공습으로 집이 불타버린 경험을, 서로 묻지도 않았는데 무슨 자랑처럼 얘기했다.

"그나저나, 당신은 그대로네요."

"아니에요, 이제는 할머니인걸요. 온몸이 삐걱거려요. 당신이야말로 젊으시네요."

"천만에요. 애가 벌써 셋입니다. 오늘은 그 녀석들을 위해 장이나 보려고요."

이렇게 오랜만에 만난 사람들이 하는 뻔한 인사를 나누고 둘이 공통으로 알고 있던 지인들의 소식을 물었는데, 문득 마담이 당신 혹시 요조를 알았던가요? 하고 물었다. 모른다고 답하니 마담은 안으로 들어가 노트 세 권과 사진 세 장을 갖고 나와 나에게 건네주고는,

"혹시 소설 재료가 될지도 모르겠네요" 하고 말했다.

나는 남에게 떠맡겨진 소재로는 글을 쓰지 못하는 쪽이어서, 그 자리에서 도로 돌려줄까도 생각했지만 사진에 마음이 끌려(그 세 장의 사진이 얼마나 기괴했는지는 서문에도 써놨다), 아무튼 노트는 받는 것으로 하고 돌아갈 때 다시 이곳에 들르겠다 하고 이 근처 무슨 동네 몇 번지의 아무개라고 하는 여자대학 선생의 집을 아냐고 물었더니, 역시 새로운 주민끼리는 알고 있었다. 더러는 이 찻집에도 들른다고 한다. 바로 근처였다.

그날 밤 친구와 가볍게 술 한잔 나누고 하룻밤 묵어가기로 했는데 나는 아침까지 한숨도 안 자고 그 노트를 읽었다.

수기에 적혀 있는 것은 옛날이야기이기는 했지만, 현대 사람들이 읽어도 크게 흥미를 느낄 것이 틀림없었다. 어설프게 내가 손을 대기보다는, 이대로 어느 잡지사에 부탁해서 발표하는 편이 훨씬 의미 있을 거라는 생각이 들었다.

아이들에게 선물로 줄 해산물은 건어물만 샀다. 나는 배

낭을 메고 친구 집을 나와 다시 그 찻집에 들렀다.

"어제는 고마웠어요. 그런데……."

바로 본론을 꺼냈다.

"이 노트, 당분간 빌려주실 수 있나요?"

"네, 그러세요."

"이분은, 아직 살아 있나요?"

"글쎄요. 그걸 전혀 모르겠어요. 10년 전쯤에, 교바시의 가게 앞으로 그 노트와 사진이 든 소포가 왔는데, 보낸 사람은 틀림없이 요조일 텐데 그 소포에는 요조의 주소도 이름도 적혀 있지가 않았죠. 공습 때 다른 물건들에 섞여 용케 그대로 남아서, 저는 얼마 전에 처음으로 전부 읽어보고는……."

"울었습니까?"

"아니요, 울었다기보다는…… 안됐다, 싶데요. 인간도 저 지경이 되면 이제 끝난 거죠."

"그로부터 10년. 10년이면 이제는 돌아가셨는지도 모르겠네요. 이건, 당신에게 감사의 의미로 보낸 거겠죠. 다소는 과장해서 쓴 부분도 전혀 없지는 않지만 당신도 상당히 피해를 입은 듯하네요. 만일 이것이 모두 사실이라면, 그리고 제가 이분의 친구였다면, 역시 정신병원으로 데려갔을지도 모르겠네요……."

"그 사람 아버지가 나쁜 거예요."

마담은 무심하게 말했다.

"우리들이 알고 있는 그이는 아주아주 얌전하고, 세상 사는 눈치도 있고, 단지, 술만 그렇게 퍼마시지 않았다면, 아니, 마시더라도…… 하느님처럼 좋은 사람이었어요."

무릎에 놓인 얼굴

|

박솔뫼(소설가)

다자이 오사무의 『인간 실격』은 대입 수험이 끝나고 시간이 많을 때 도서관에서 읽은 소설 중 하나였다. 그 시기 함께 읽었던 책으로 최인훈의 『광장』과 『회색인』이 떠오르는 것을 보면 뭔가 권장 도서 같은, 마땅히 읽어야 할 것 같거나 어디선가 들어본 유명한 소설들을 찾아 읽었던 것 같다. 내 기억으로는 분명 그런데 이번에 다시 읽으니 아예 처음 읽은 것 같아서 정말 내가 그때 읽은 것이 맞을까 어떻게 이렇게 새삼스러울 수가 있지 생각했다. 하지만 시간은 꽤 흐른 게 맞고 나는 무척 재밌었던 것 같다는 기억 외에는 도무지 떠오르는 것이 없으니 이번에 처음 읽은 것이라 해도 되지 않을까.

이 소설은 요조라는 남자가 자신의 삶을 고백하는 이야기인데 아마 아직 『인간 실격』을 읽지 않은 사람이라도 여러 여자와 동반 자살을 시도하고 자신은 살아난 다자이 오사무의 삶이나 그 삶을 옮긴 것처럼 의심 없이 받아들이게 되는 이 소설에 관해 들어본 적은 있을 것이다. 게다가 소설의 첫 구절이라 곧잘 착각하게 되는 부끄럼 많은 생을 살아왔다는 유명한 고백은 왠지 읽지 않았어도 이 소설을 읽은 것처럼 느끼게 만들기도 한다. 다른 이야기지만 첫 구절은 아무튼 중요하구나 하는 생각이 새삼 들었고 그런 면에서 다자이 오사무는 이 한 줄을 쓰고 꽤 만족스럽지 않았을까 싶기도 하고.

아무튼 이번에 이 소설을 읽고 놀랐던 것은 그게 소설의 첫 구절이 아니라는 것이었다. 이 소설은 주인공 요조의 목소리가 아니라 뒤에 소설가로 밝혀지는 어떤 남자가 요조의 사진=얼굴을 묘사하는 것으로 시작한다. 그리고 이 소설의 마무리도 이 소설가가 어떻게 요조의 사진과 일기를 손에 넣게 되었는지를 밝히며 끝이 난다. 나는 이런 제3자의 시선으로 해당 인물이나 사건을 부연하는 방식이 스트레이트하게 소설을 쓰는 사람에게는 조금 어울리지 않고 어색한 장식 같다고 생각하는 쪽이기는 하다. 다자이 오사무가 스트레이트하게 쓴다고 할 수 있을지는 모르겠지만 읽으면서 이같은 제3자의 눈이 굳이 필요한 걸까 하는 생각이 들기는 했다. 이 소설은 요조의 고백이 다이고 그것으로 충분히 강렬한데 말이다. 독자로서도 요조의 목소리가 시작되면서 소설에 본격적으로 몰입하게 되는데 왜 그 전에 제3자의 시선이 필요한 것일까. 혹은 쓰는 사람으로 다자이 오사무는 왜 이런 장치가 필요했을까. 그러다 제3자의 시선이 소설 안에서 어떤 역할을 하는지 잠시 생각해보았다. 전에 붙은 세 장의 사진(후에 요조로 밝혀지는)에 대한 묘사는 어떤 면에서는 냉정하고 가혹하지만 동시에 그저 한 개인일 요조를 과장하여 강렬하게 평가하고 있다고도 할 수 있다.

'주름투성이 아가'라 부르고 싶어질 정도로, 참으로 기괴한, 그리고 기묘하게 추한, 이상하게 사람을 뒤숭숭하게 만드는 그런 표정의 사진이었다. 나는 이때까지 이렇게 불가해한 표정의 어린아이를 본 일이 단 한 번도 없었다. (10쪽)

역시 이 미모의 학생에게도, 어느 구석인가 괴팍하기 짝이 없는 기분 나쁜 것이 느껴진다. 나는 이때까지 이렇게 불가사의한 미모의 청년을 본 일이 한 번도 없었다.

나머지 한 장의 사진은 참으로 기괴한 것이었다. 이건 도무지 몇 살쯤 되었는지 짐작도 안 된다. (……) 사람 몸에다가 지저분한 말의 목이라도 억지로 붙여놓으면, 이런 느낌이 드는 것은 아닐까. 어딘가 보는 사람으로 하여금 몸서리치게 끔찍한 느낌이 들게 하는 것이다. 나는 이때까지 이렇게 불가사의한 사내의 얼굴을 본 일이 한 번도 없었다.(11~13쪽)

세 장의 사진 모두 불가사의하다는 말로 맺는 이 묘사는 기분 나쁘고 기괴한 인상을 전달하고 있지만 동시에 굉장한 미남이자 강렬하여 잊기 힘든 얼굴에 대해 세세하게 설명하고 있다. 이 지점에서는 이 묘사를 누가 하는 것인지 알 수 없지만 묘사의 대상을 냉정하게 바라보는 듯하면서 사실은 과장하고 있다는 면에서 이 냉정함은 과장과 강렬함이 실은 타당한 것이라는 사실을 넌지시 전해주고 있다. 나는 남자 소설가가 은근하게 건네는 이 타당함이 다자이 오사무가 최소한이지만 손에 쥐고 싶어하는 안전장치일까 싶어졌다. 요조라는 인물의 격렬한 토로는 그리하여 형식적이더라도 소설가라는 제3자의 타당함이라는 접시에 담겨서 독자에게 전해진다. 이렇게 소설가가 요조의 시작과 끝을 마무리하고 있지만 정확히 말하면 요조의 마지막을 정리하는 것은 교바시의 스탠드 바 마담의 목소리라 할 수 있다. 요조의 고백 속에도 등장하는 이 마담은 요조의 정부였으며 요조를 돌봐주는 누나 같기도 한 인물이다. 소설 내

내 요조의 문제를 해결해주면서도, 해결해준다는 느낌 없이 그냥 나는 이걸 무리 없이 하고 있지 하는 느낌으로 가뿐하게 해내버리는 인물이다.

> "그 사람 아버지가 나쁜 거예요."
>
> 마담은 무심하게 말했다.
>
> "우리들이 알고 있는 그이는, 아주아주 얌전하고, 세상 사는 눈치도 있고, 단지, 술만 그렇게 퍼마시지 않았다면, 아니, 마시더라도…… 하느님처럼 좋은 사람이었어요." (161쪽)

다자이 오사무는 요조라는 인물을 제3자인 소설가의 시선을 통해 어쨌거나 강렬한 인물로 제시하고 있다면 교바시의 바 마담을 통해서는 그럼에도 약하고 어찌할 수 없는 사람이었다고 말하고 있다. 실은 나도 실제로 요조를 만난다면 이 사람은 결정적인 면에서 무책임하게 굴겠지만 사실은 이야기하면 즐겁고 사람들을 편하게 하는 사람이라고 생각하게 될 것이라는 예감이 들었다. 그러니 소설 속 사람들 모두 "요조 이리로 와 같이 있어" 하지 않았을까? 아무튼 교바시 바 마담의 마지막 마무리를 읽다 보면 여전히 이 여자의 무릎에 요조가 머리를 뉘고 있다는 느낌이 든다. 혹은 작가는 여전히 여자의 무릎 위에 머리를 기대고 싶어 하고 마지막을 그런 식으로 맺고 싶어 한다는 느낌을 받게 된다. 이것을 응석이라면 응석이라고 볼 수 있겠지만 여기에는 이런 마무리가 필요하다는 강한 의지가 동시에 느껴지기도 한다.

　요조의 고백은 강렬하고 그가 토해내는 한마디 한마디는 꽤 빽빽해서 귀 기울여 듣지 않을 수 없게 한다. 단순히 무책임한 사람이군 하고 휙 뒤돌아가기 어려운, 왠지 좀 더 이야기하고 싶고 이 사람 재미있네 싶기도 하고 결국엔 이 어찌할 수 없다는 토로를 어떻게 다뤄야 할까 생각하게 한다. 다자이 오사무가 사용한 제3자의 시선은 어떤 면에서 요조의 목소리를 휙 던지지 않기 위한 방책 중 하나라는 생각이 드는데 그런 생각을 하다 보면 어 잠깐만 하고 요조를 무릎에 두고 있는 어떤 여자를 떠올려보게 되는데, 이 사람도 사실은 만만치가 않은 사람일 것이고 요조는 여자가 자신에게 늘 기꺼이 자리를 허용한다고 느낄지 모르겠지만 (아니 사실 다자이 오사무는 요조를 그렇게 그리지 않기는 했다) 여자들은 동시에 자신의 무릎 위에 놓인 얼굴을 웃으며 죽이고 싶어 할지도 혹은 다른 쪽 무릎에 다른 얼굴을 뉘이고 있을지도 혹은 남자의 생각과는 달리 그 누구도 무릎 위에 두고 있지 않을지도 모르겠다는 생각을 했다. 내가 생각하는 것은 이런 건데 무릎 위에 놓인 얼굴을 보다가 이건 이것대로 재미있군 생각하는 여자, 혹은 아주 슬퍼하는 여자, 문득 애가 타는 여자, 저녁에 뭘 먹지 생각하는 여자와 어느 순간 아 지루해 하고 일어나 거리를 걷는 뒷모습들. 그런 뒷모습들이 고개를 돌리면 어떤 얼굴을 하고 있을까. 그건 쉽게 뭐라고 대답이 나오지 않는 질문인 것 같다.

다자이 오사무 연보

1909년

6월 19일, 아오모리현(靑森) 가나기(金木) 414번지에서 태어남. 본명은 쓰시마 슈지(津島修治). 아버지는 겐에몬(源右衛門), 어머니는 다네(夕 子). 6남 5녀 중 열 번째 자녀, 여섯 번째 아들로, 맏형, 둘째 형은 요절, 위로 세 형과 네 명의 누나를 둠. 그 밖에도 증조모, 조모, 숙모와 그 딸 네 명 등 대가족 속에서 자라남. 3년 후 동생 출생. 쓰시마 집안은 아오모리현의 대지주로, 가족과 하녀를 포함한 서른 명이 함께 생활함. 소설 「추억(思い出)」에 나오는 유모 다케가 3~8세까지 오사무를 돌봄.

1916년 7세

가나기 제1심상소학교에 입학. 모범생으로 잘 다님. 1920년 증조모 별세.

1922년 13세

소학교를 졸업, 메이지 고등소학교에 입학함. 이 학교에서 소설 「친우교환(親友交歡)」 등에 나오는 많은 고향 친구들을 사귀게 됨.

1923년 14세

3월, 부친 별세. 향년 53세. 귀족원 의원. 4월, 아오모리 현립 중학교에 입학함. 아오모리 데라마치(寺町)에 사는 먼 친척인 도요타(豊田) 집

안에 하숙. 중학교 재학 시절인 1925년 3월 《아오모리 교우회지》에 발표한 「마지막 섭정(最後の太閤)」을 시작으로 작품을 왕성하게 발표함. 가까운 친구들과 동인지 《성좌(星座)》, 《신기루(蜃気楼)》를 만들었고, 1926년에는 큰형, 셋째 형을 중심으로 잡지 《아온보(青ん坊)》를 펴내기도 함.

1927년 18세

중학교 4학년을 마치고 히로사키(弘前) 고등학교에 입학함. 먼 친척인 후지다(藤田) 집안에서 하숙함. 이 무렵 이즈미 교카(泉鏡花), 아쿠타가와 류노스케(芥川龍之介)의 문학에 깊이 빠져들기 시작함. 7월 아쿠타가와의 자살에 강한 충격을 받아, 우울하게 지내던 중 예기(藝妓) 베니코(紅湖, 본명 오야마 하츠요(小山初代))를 알게 됨.

1928년 19세

동인지 《세포문예(細胞文芸)》를 창간, 편집함. 「무간나락(無間奈落)」을 쓰지시마 슈지(辻島衆二)라는 필명으로 발표함. 이때 이소노가미 겐이치로(石上玄一郎)가 동인으로 가담했고, 그에게서 마르크시즘의 영향을 크게 받음. 첫 번째 자살 시도를 했으나 미수로 그침.

1930년 21세

4월, 도쿄 제국대학교 프랑스문학과에 입학함. 셋째 형 집 근처에 하숙했는데, 형은 당시 비합법 운동에 가담했다가 사망함. 그 해 가을 베니코가 상경했으나 큰형의 주선으로 장래를 약속하고 귀향시킴. 11월 28일, 별로 친분이 없는 카페 여급 다나베 아쓰미(본명 다나베 시메코(田部シメ子))와 가마쿠라에서 동반 자살을 시도했으나 여자만 사망함. 자살 방조죄로 잡혀갔지만 기소유예로 풀려남.

1931년 22세

2월, 베니코와 도쿄의 고탄다(伍反田)에서 동거 생활을 시작했으나 여의치 않아 여름, 가을에 걸쳐 두 차례나 이사함. 슈린도(朱麟堂)라는 필명으로 정형시 하이쿠 짓기에 골몰했고, 비합법 좌익 운동에 가담함.

1932년 23세

거처를 전전하다 7월에 아오모리 경찰서에 자수함. 이후 공산주의 운동을 그만두고 소설 「추억」을 쓰기 시작함.

1933년 24세

2월, 아마누마(天沼)로 이사한 후, 잡지 《선데이 도호쿠(サンデ—東奥)》에 「열차(列車)」를 발표함. 이때 처음으로 '다자이 오사무(太宰治)'란 필명을 사용. 4월에는 후루타니 쓰나타케(古谷綱武), 기야마 쇼헤이(木山捷平)와 함께 동인지 《바다표범(海豹)》에 참가, 「어복기(魚服記)」, 「추억」을 발표함. 이 무렵 단 가즈오(檀 一雄) 등 여러 문우들과 친교를 맺음.

1934년 25세

4월, 동인지 《뜸부기(鷁)》에 「잎(葉)」을, 7월에는 같은 잡지에 「원숭이 얼굴을 닮은 젊은이(猿面冠者)」를, 10월에는 동인지 《세기(世紀)》에 「그는 옛날의 그가 아니다(彼は昔のかれならず)」 등을 연거푸 발표함. 12월에는 동인지 《푸른 꽃(青い花)》 창간에 참여, 「로마네스크(ロマネスク)」를 발표함.

1935년 26세

2월, 《문예(文藝)》지에 「역행(逆行)」을 발표. 3월에는 미야코 신문사(都新聞社) 입사 시험에 응시했으나 낙제함. 중순경 가마쿠라에서 익사 자

살을 다시 시도했으나 실패, 도쿄 제국대학을 중퇴하고야 맒. '일본 낭만파'에 가입하여 「어릿광대의 꽃(道化の華)」을 발표함. 4월에 맹장염이 복막염으로 번져 시노하라 병원(篠原病院)에 입원, 7월까지 요양 후 후바나시(船橋)로 전지 생활을 이어 갔으나 '파비날' 중독으로 고생함. 8월, 소설 「역행」이 아쿠타가와상 후보작에 오르나 2등으로 낙선(다자이 오사무는 이에 크게 좌절한 것으로 알려져 있음). 병중에도 용기를 내어 불과 석 달 동안에 소설 네 편(「원숭이 섬(猿ヶ島)」, 「다스 게마이네(ダス·ゲマイネ)」, 「도적(盜賊)」, 「지구도(地球図)」)을 발표, 《일본 낭만파》지에 수필 「생각하는 갈대(もの思ふ葦)」를 연재함. 이때 다나카 히데미츠(田中英光)와도 편지 교환을 시작함.

1936년 27세

1월, 《신조(新潮)》지에 「장님 이야기(めくら草紙)」를 발표함. 「생각하는 갈대」가 큰 인기를 얻어, 여러 잡지에 같은 제목으로 분산 발표하게 됨. 《일본 낭만파》에는 새로이 수필 「벽안탁발(碧眼托鉢)」 연재를 시작함. 2월 10일, 파비날 중독증이 재발되어 사이세이카이(済生会) 병원에 입원, 열흘 뒤인 20일에 완치되지 않은 상태로 퇴원함. 한 달 만에 두 편의 소설(「도깨비불(陰火)」, 「암컷에 대하여(雌について)」)를 발표, 6월에는 최초의 창작집 『만년(晩年)』을 스나코야서방(砂小屋書房)에서 출판함. 7월에는 《문학계(文学界)》에 「허구의 봄(虚構の春)」을 발표하는 등 왕성한 창작 의욕을 보였으나 기대했던 제3회 아쿠타가와 문학상에 떨어졌다는 소식을 듣고 잠시 충격에 빠짐. 곧 단편(「교겐의 신(狂言の神)」, 「갈채(喝采)」) 등을 발표했으나 주변의 권유로 10월에 무사시노(武藏野) 병원에 입원, 파비날 중독을 치료받음.

1937년 28세

1월, 퇴원 후 두 달 만에 단편 「20세기 기수(二十世紀旗手)」를 발표함. 3

월에 또다시 입원하여 베니코와 다니카와(谷川) 온천에서 칼모틴 동반 자살을 시도했으나 미수에 그치고 맒. 귀경 후 베니코와 이별함. 4월에 「Human Lost」 발표. 6월에는 신조 출판사에서 소설집 『허구의 방황(虛構の彷徨)』 출판. 10월에는 아마누마로 거처를 옮기고 「등롱(燈籠)」을 발표함.

1938년 29세

9월, 「만원(滿願)」 발표, 스승 이부세 마스지(井伏鱒二)의 초대로 야마나시현(山梨)의 텐카차야(天下茶屋)에서 장편 『불새(火の鳥)』 집필에 착수함(이 소설은 결국 미완으로 남음). 10월에 「노사(姥捨)」 발표. 11월에 하산하여 고후(甲府)시에서 하숙함. 이때 많은 수필을 발표함.

1939년 30세

1월 8일, 이부세 부부의 중매로 야마나시현 쓰루(都留) 고등여학교 교사인 26세 이시하라 미치코(石原美知子)와 결혼식을 올리고 고후시에 살림을 차림. 2월에 「I can speak」와 「후지산 백경(富嶽百景)」, 3월에 「나태의 가루다(懶怠の歌留多)」, 「황금풍경(黃金風景)」을 잇달아 발표하여 호평을 받음. 「황금풍경」으로 발표지인 《국민신문(國民新聞)》에서 수여하는 단편 콩쿠르를 수상함. 4월에 「여학생(女生徒)」 발표. 6월에 아내 미치코와 나가노현 신슈(信州)를 여행함. 「벗나무와 마술 휘파람(葉桜と魔笛)」 발표. 7월에는 단편집 『여학생』이 출간됨. 소설 「팔십팔야(八十八夜)」, 「미소녀(美少女)」, 「아, 가을(ア, 秋)」을 발표했다. 9월, 도쿄 미타카(三鷹) 시모렌자쿠(下連雀) 113번지의 셋집으로 이사함(전쟁전후를 제외하고 사망할 때까지 이 집에 머묾). 10월에 「축견담(畜犬談)」, 11월에 「피부와 마음(皮膚と心)」 발표. 12월에 『사랑과 미에 대하여』 출간(5월에 출간한 것을 고침).

1940년 31세

작가로서의 지위가 다져지면서 작품 발표가 늘어나기 시작함. 1월에 「여자의 결투(女の決鬪)」 연재를 시작, 「세속 천사(俗天使)」, 「형(兄たち)」, 2월에 「직소(駈込み訴え)」, 5월에 「달려라 메로스(走れメロス)」를 발표했고, 창작집도 이 해 전반에만 두 권(『피부와 마음』, 『추억』) 출판함. 경제적인 여유도 생겨 온천 휴양지도 자주 찾았고, 강연 청탁도 많아짐. 니가타(新潟) 고등학교에서도 청소년을 위해 강연했으며, 문인들의 친목회인 '아사가야회(阿佐ヶ谷會)'에도 자주 초청됨. 12월에 『여학생』으로 기타무라 도코쿠(北村透谷) 문학상을 수상함.

1941년 32세

1월, 수작으로 거론되는 「도쿄팔경(東京八景)」을 발표, 5월에는 같은 제명의 단행본이 출판됨. 7월에『신 햄릿(新ハムレット)』이 출판되었고, 8월에도 단행본 2권(『치요조(千代女)』, 『직소』)이 출판됨. 6월 7일, 장녀 소노코(園子)가 태어났고, 모친 병문안 차 10년 만에 고향 가나기의 생가를 방문. 11월에 문인 징용령에 의해 징발되었으나 흉부질환으로 면제 처분을 받음. 12월 8일, 태평양 전쟁으로 전시 체제에 접어듦.

1942년 33세

3월, 이전 해부터 써온 작품 「정의와 미소(正義と微笑)」 탈고. 단편집 『알테 하이델베르크(老ハイデベルトヒ)』, 『여성(女性)』 등 출간. 9월부터는 점호 소집도 자주 받았고, 10월에 《문예(文藝)》지에 발표한 「불꽃놀이(花火)」(후에 '일출 전(日の出前)'으로 제목을 바꾸어 발표함)가 시국에 맞지 않는다는 이유로 전문 삭제 명령을 받음. 모친이 위독하다는 소식을 듣고 아내, 딸 등과 함께 귀향함. 12월 10일, 모친 향년 70세로 별세.

1943년 34세

1월, 「금주하는 마음(禁酒の心)」, 「고향(故郷)」, 「오손선생언행록(黄村先生言行録)」 발표. 어머니의 삼오 법요 제사에 참석하기 위해 처자와 일시 귀향. 3월에는 처가에서 장편(「우대신 사네토모(右大臣実朝)」)를 완성, 9월에 단행본으로 출판함. 10월에 「종달새의 소리(雲雀の声)」를 완성했으나 검열을 우려하여 출판을 연기함(이듬해 출판하게 되었으나 인쇄소가 공습을 당해 출판 직전의 책들이 소실됨. 1945년에 출판된 『판도라의 상자(パンドラの匣)』는 이 작품의 교정판을 바탕으로 한 것임).

1944년 35세

1월, 「길일(佳日)」 발표. 도호(東宝) 영사사로부터 이 작품의 영화화 제의를 받아 아타미 호텔에 칩거하면서 시나리오를 썼다. 이는 〈네 번의 결혼(四つの結婚)〉이라는 제목으로 9월에 개봉되어 호평을 받음. 내각 정보국과 문학보국회의 의뢰를 받아 노신(魯迅) 전기를 집필하기 위해 연구를 시작함. 12월에는 루쉰의 센다이(仙台) 시절 사적을 답사하기 위해 센다이를 비롯한 동북 지방을 여행하고 집필을 시작함. 정부였던 베니코가 중국 칭다오(青島)에서 32세의 나이로 사망함.

1945년 36세

2월, 루쉰 전기 『석별(惜別)』 탈고, 9월에 《아사히신문(朝日新聞)》에서 출판. 3월, 공습경보하에서도 「옛날이야기(お伽草子)」를 집필하기 시작, 6월에 완성함. 3월 말에 처자를 아내의 고향인 고후로 보내고 홀로 도쿄에 남았으나 4월에 공습으로 집이 파손되어 처가로 피난함. 7월에는 고후의 집도 공습으로 전소되어 7월 말에 처자와 함께 고향 가나기로 피난함. 8월 15일, 고향에서 종전 소식을 들음.

1946년 37세

패전 후에 다시 활약하려는 의욕을 보이며 한 해 동안 15편의 작품을 발표함. 12월, 「겨울의 불꽃놀이(冬の花火)」가 도게키(東劇) 무대에서 상연될 예정이었으나 맥아더 사령부에 의해 금지됨.

1947년 38세

1월에 발표한 「메리 크리스마스(メリイクリスマス)」를 필두로 이 해에 열 편의 작품과 『겨울의 불꽃놀이』, 『뷔용의 아내』, 『사양』의 세 권의 작품집을 내는 등 창작에 열을 올림. 2월, 오오타 시즈코(太田靜子)를 방문하여 일주일간 머묾. 「사양(斜陽)」 집필 시작, 3월 하순에 1, 2장 탈고. 3월에 미타카 역전의 포장마차에서 전쟁 미망인이었던 야마자키 토미에(山崎富栄)를 만남. 3월 30일, 차녀 사타코(里子)가 태어남. 오오타 시즈코와의 사이에서 태어난 딸의 이름을 하루코(治子)라고 지음. 6월에 「사양」 탈고, 7월부터 《신조》에 연재를 시작함(10월에 완료). 12월 작품집 『사양』 출간, 베스트셀러가 됨.

1948년 39세

1월, 「범인(犯人)」, 「향응부인(饗応夫人)」, 「술의 추억(酒の追憶)」 발표. 2월에는 배우좌 창작극 연구회 제1회 공연 작품으로 「봄의 마른 잎(春の枯葉)」이 명연출가 센다 시야(千田是也)의 연출로 성황리에 공연됨. 3월에는 『다자이 오사무 수필집(太宰治随想集)』이 호평 속에 판매되었고, 「여시아문(如是我聞)」이 《신조》지에 연재되면서 문단을 놀라게 함. 아타미(熱海) 온천에서 『인간실격(人間失格)』 집필 시작, 5월에 탈고. 6월부터 《전망》지에서 연재 시작(제2회 이후의 원고는 사후에 발표되었다). 4월, 『다자이 오사무 전집』이 간행되기 시작. 이후 계속 집필에 골몰하여 「철새(渡り鳥)」, 「여류(女類)」, 「앵도(櫻桃)」 등을 주요 문예지에 발표하였고, 《아사히신문》에 「굿바이(グッドバイ)」를 연재하기로 약속하고

10회 분량의 원고를 넘겼다. 엄청난 작업량으로 인한 피로 때문에 졸도하기도 하고 이따금 각혈하기도 함. 6월 13일, 깊은 밤 야마자키 토미에와 함께 다마강 상류(上川上水)에 몸을 던져 세상을 떠남. 이 달치 문예지에는 그의 작품 세 편이 개재되어 있었음. 비가 하염없이 퍼붓는 가운데 수색 작업이 계속되었고, 19일에 시체가 발견됨. 21일 시구를 자택에 안치하고 문인들로 이루어진 장례위원회의 주관으로 엄숙히 고별식이 거행됨. 7월 18일, 미타카의 젠린지(禪林寺)에 안장됨.

인간 실격

초판 1쇄 인쇄 2023년 7월 18일
초판 1쇄 발행 2023년 7월 25일

지은이 다자이 오사무
옮긴이 이호철
펴낸이 정중모
펴낸곳 도서출판 열림원

출판등록 1980년 5월 19일(제406-2000-000204호)
주소 경기도 파주시 회동길 152
전화 031-955-0700
팩스 031-955-0661   페이스북 /yolimwon
홈페이지 www.yolimwon.com   트위터 @yolimwon
이메일 editor@yolimwon.com   인스타그램 @yolimwon

주간 김현정   책임편집 이서영   마케팅 홍보 김선규 최가인 최은서
편집 조혜영 황우정 김민지   온라인사업 서명희
디자인 강희철   표지 디자인 석윤이   제작 관리 윤준수 이원희 고은정 구지영

ISBN 979-11-7040-197-1 04800
ISBN 979-11-7040-193-3 (세트)